夜不語

詭秘檔案801

Dark Fantasy File

黑色陰風

夜不語 著 Kanariya 繪

CONTENTS

風，是由空氣流動引起的一種自然現象，通常是由太陽輻射熱造成的。

至少，翻開《辭海》或者用網路搜索。對於風的解釋，都是如此的同出一轍、簡單無比，甚至毫無新意。可今天，我想要告訴你一個故事。

一個關於風的，驚悚的故事。

其實你根本不知道，每一次風吹拂過你的身體。你都幸運的逃過了一劫。

不要吹風，因為並不是每個人，都和你同樣幸運。

不信的話，那就翻開書，看完這個故事吧！

楔子

「風，小心風！」

這是爸爸，最愛掛在嘴上的話。從我記得清楚自己的名字開始，風，這個大自然最常見的自然現象，就一直是噩夢。

至少對我而言，它比午夜的恐怖童話故事、比偷偷從床底下伸出來的爪子更加可怕。

我不信童話故事，因為爸爸說童話故事中的王子公主都是假的。因為那些結了婚的王子公主們，肯定最終會離婚。

但是我相信爸爸說的每一話，他說，風，能殺死我。

我還活著。

我還活著。

我活在每一寸大氣流動的夾縫中。

我活在沒有風的密閉房間裡。

直到我第一次走出房門時，我才明白，原來，並不是所有的風都要殺死我。

那一年，我六歲！

爸爸牽著我的手，走在一條陌生的，陰森昏暗的，路上……

記不清楚當初的情況了，但是我記得自己很激動。我穿著綠色的裙子，長髮被紮成了辮子。爸爸還替我綁了一朵好漂亮的蝴蝶結。

紅色的，蝴蝶結。

我和爸爸坐車坐了很遠的距離。到現在自己還清晰地記得，那輛車破破舊舊，引擎常常會發出刺耳的轟鳴。猶如喉嚨深處的老痰，咳不出來，總是卡住喉管。

當車行駛到馬路盡頭後，爸爸帶我下車。他神情緊張的觀察著周圍，小心、謹慎，並從行李箱裡掏出一個氣球，紅色的氣球，讓我拿著。

爸爸讓我牢牢的牽著氣球的繩子。

氣球好漂亮，繩子從我的手指縫隙裡穿過，筆直的直伸天際。我喜歡氣球、喜歡路上綻放的蒲公英和青草的香。我甚至喜歡有點陰鬱、但是卻真實的天空。

因為這些對我而言，對六歲的我而言，都是奢侈品。

「瑩瑩，無論如何，絕對不能放開氣球的繩子。」父親一直仔細的掃視附近的事物，彷彿空氣裡的每一寸空間，都隱藏著殺手。

我認真的點頭。我是乖孩子，我最喜歡爸爸，我最聽爸爸的話了。

爸爸確認沒有危險後，牢牢牽著我的手，從亂草叢中穿了進去。本來以為沒有路的地方，居然只是被草叢斬斷了。

低矮灌木和蒿草地後邊，有一條不寬的石板路。現在想來，總覺得那條石板路很古怪。因為只是走進去，原本開心的心情，就變得壓抑了。四周瀰漫著沉重與恐怖，就連本來挺好的天空，都顯得更加抑鬱昏暗。

一同變得奇怪起來的，是手中的氣球。

懂事後的我猜想，自己當初手裡的氣球，恐怕也並不是什麼普通的氣球吧。否則，爸爸也不會叮囑我，絕不要放開繩子了。

石板路的兩旁長滿了荒草，一棵碩大的枯黃柳樹聳立在路的右側。昏白的太陽躲在雲層深處，慘灰的雲朵在天空中快速流動。

就猶如雲朵被風追趕，放牧。

爸爸每走兩步，總是會回過頭來，瞅瞅我手裡的氣球。

說來也怪得很，這顆紅色的氣球真的太有意思了。它總是將繩子繃得筆直，在我手中直直的探向天際。最怪異的是，無論我用多快的速度走，它都會一直垂直的懸浮在我腦袋上空，絕對不會因為行走而朝後飄。

這個氣球，和我以前玩過的全都不同。

似乎，它根本不會隨風飄動。因為風，吹不動它。長大後我想了很多，或許那個氣球中的氣體不是氫氣，而是別的什麼東西。也不知道爸爸是從哪裡弄來的，究竟是為了探測什麼。

總之，看爸爸的表情，那個氣球，在那條陰森的小路上，就是我倆的救命符。

我們走了很久很久，我的小皮靴不合腳，磨得小腳痛死了。

但是我可體貼了，一聲不吭，只是跟著爸爸走啊，走啊，走啊……

終於，一成不變的風景有了變化。那條似乎沒有盡頭的荒廢石板路的蜿蜒遠方，出現了一塊猶如塗鴉般的牌坊。路就在牌坊下經過，彷彿關卡。

好恐怖的牌坊，哪怕是不懂事的我，視線接觸到牌坊的一瞬間，也覺得渾身發抖。我怕了，問爸爸：「爸爸，我們要去哪裡啊？」

爸爸猶豫了片刻，最終嘆了口氣：「我們要去找一個，必須要，找到的人。」

「只有他，能，幫妳。」爸爸的視線游弋在牌坊以及我手裡的氣球之間。

「為什麼我需要別人幫忙？瑩瑩很好啊。」我不太理解的問。

爸爸溫柔的摸了摸我的小腦袋：「是啊，瑩瑩很好，但是爸爸希望瑩瑩能更好。瑩瑩不希望每天都健健康康的出門，和小朋友一起玩耍嗎？」

我用力點頭，「希望啊。」

「那瑩瑩乖，咱們繼續往前走吧。」爸爸一邊說，一邊加快了腳步。就在離牌坊只有不到兩百公尺距離的時候，突然，我手裡的氣球動了。

這只無論被周圍的風怎麼吹，不管我怎麼跑，始終都在我腦袋上飄著的古怪氣球，居然動了。它朝前搖晃了幾下，然後猶如被魚咬住了鉤的浮漂，在空氣裡不停地拉下去，浮上來，就彷彿有一隻無形的手，在操縱著。

看到氣球動起來的爸爸，頓時臉色劇變，剛剛還因為靠近了牌坊而面露的喜色，瞬間蒼白無比。

我不明白究竟發生了什麼事，但是隨著氣球怪異擺動之後，整個世界，彷彿都變了，變得充滿了惡意。

「瑩瑩，跑！快跑！」爸爸拽著我的手，拚命的往前逃。

身後吹來了一股無形的風，從上而下，朝我們追趕過來。那股無形的風所過之處，樹木、草，一切，都猶如被鋒利的刀切割一般，唰唰唰的整齊的割斷……

怪風追趕著我們。我和爸爸拚命跑，使勁兒的跑，近了，離牌坊越來越近了。

之後又發生了什麼，我並不清楚。總之那是我六歲那年，自己唯獨剩下的記憶。

從此後，我才真真實實的明白，風，對我而言究竟是怎樣的，人生噩夢！

我堅強的活了下來！

我活在每一寸大氣流動的縫隙中。

我躲避著每一絲氣流的攪動……

我要活下去，無所不用其極！

因為，我的命，是父親用死亡換來的。無論有多麼骯髒齷齪、我都要遵照他的遺言活下去！

第一章 死亡通告

「馬克吐溫說過，讓我們陷入困境的，不是無知，而是看似正確的謬論。謬論很是折磨人、誤導人。嚴重的，甚至會令你跌落萬劫不復的深淵。」

我深以為然。

讀到這番話的時候，我坐在一個小城市的咖啡館中。面前有一杯奶泡已經被攪碎的卡布奇諾，純白的顏色與黑褐色的咖啡攪拌在一起，甚至仍舊猶自朝左旋轉著。桌面的菜單上，就用加粗的字體寫著這行名言。想來老闆也是個有故事的人。

這是個看起來很小資的咖啡館，和僅僅隔著一層玻璃窗的破敗小鎮，似乎並不搭調。畢竟文青們描述的民風樸實的小鎮，只存在於烏托邦中。現實世界裡的小鎮風情，比大城市更加殘酷。

這座叫做風嶺鎮的小地方，地處西南偏南，封閉偏僻。也沒有它的名字那麼水靈靈。小鎮陳舊的味道，哪怕是近在咫尺的手磨咖啡都無法掩蓋。

「Darling，你至少十分鐘沒開口了。咱們來好好聊一聊吧！我記得自己還沒講完自己的故事吧。」坐在我對面的，是一個大約二十來歲的女孩。她穿著翠綠色的貼身吊帶，單薄的黑色外套顯得身材修長。女孩面貌清秀，但是國語顯得並不是太好。

我用小湯匙敲了敲咖啡杯：「讓我來猜猜，妳是英國華僑？」

「Darling，你猜對了！」女孩點頭。

「雪菲爾長大的？」我淡淡道。

女孩笑咪咪的露出了彎月般的漂亮眼睛：「嗯。Darling，這你都知道？調查過？」

「這還需要調查嗎？只有那鬼地方長大的女孩，才會張口閉口，無論男女，把Darling當Hello用。」我聳了聳肩膀，端起已經冷掉的咖啡，喝了一大口。

照例欠揍的自我介紹一番吧，我叫夜不語，一個有著奇怪名字，老是會遭遇奇詭事件的憂鬱少年。二十二歲，未婚。本職是研習博物學的死大學生，實則經常曠課，替一家總部位於加拿大某個小城市，老闆叫楊俊飛的死大叔打工的偵探社社員。

這家偵探社以某種我到現在還不太清楚的宗旨和企業文化構成，四處收集著擁有超自然力量的物品。

之所以和面前這位操著英倫腔國語叫做元玥的英國華僑坐在這家西南偏南的偏僻小城市的咖啡館中，其實原因也並不複雜，主要是來自於一個同樣是留學生朋友的介紹。

那個朋友跟我不熟，屬於泛泛之交。而我這個人屬於欠揍屬性，喜歡將自己碰到的怪事寫成書。久而久之，讀過我書的人，總認為我是處理靈異、超自然現象的專家。於是誰家碰到了諸如類似常理無法解釋的東西，就會拉我去瞅瞅。

結果，屁的咧，常理無法解釋的東西，基本上不會等同於科學無法解釋。那些二手讀者找我的大多是些無關痛癢的事情，自己聽了前一半，就沒興趣了。

但是元玥的故事，卻有一點不大一樣。不，與其說故事，我根本就不在乎她的故事，她也只是發了一些東西給我後，我就心甘情願的從德國飛到風嶺鎮。按約來到了這家咖啡館中，靜候她的到來。

「Darling，你比傳說中還更加博學喔。我對你很有信心！」元玥指了指自己的臉：「還是來聽聽，我一定執意到這兒來的原因，好嗎。我相信你也有興趣聽完。」

我點了點頭，攤手，露出了「請講」的姿勢。

「這要從半年前講起，我雖然是英國華僑，但是對祖國文化卻一直很感興趣。所以也常常混跡在國內的各大網站以及社交平台上。」容貌靚麗的元玥有著和年齡很不搭的穩重聲音。一個人的衣著搭配以及語調能透露出很多資料。

至少這位英國華僑，出身一定不簡單，家裡非富即貴。說出的每一句話的語氣裡始終纏繞著高雅。

「人其實是很無聊的生物，地球上的每個個體，哪怕處於不同的文化、不同的體制，最終的目的，其實都是相同的。都是為了生存，活下去。」元玥舔了舔自己的漂亮嘴唇，似乎有些不知道該從什麼地方講起。

「現代的人衣食無憂了，但是卻忘卻了本心，忘掉了本能。我夾雜在國內網路和英國網路之間，夾雜在兩種文化之中。本來新奇的感覺也越來越淡。」

「直到有一天，我在網上遇到了她。」女孩本來有些抑鬱的眼神，提到了「她」這個字時，陡然亮了起來！

「她？」我皺了皺眉頭。元玥將「她」這個詞稱呼得非常模糊，似乎這女孩本身也無法確定，那個人到底是男是女。

「對，是她。應該是個女孩，和我幾乎一樣年齡的女孩。我們是在某個論壇上認識的，加了QQ，剛開始還是有一搭沒一搭的聊著天，之後就如同其他聯絡人上的ID，沒什麼好聊的，便沒什麼再聯絡了。可突然有一天，許久沒有發訊的她，竟然發了一條訊息給我。」

元玥的臉色猛地一沉：「至今我還記得，那條簡訊實在是沒頭沒尾。」

我耐著性子問：「簡訊上說了什麼？」

「很短的幾個字。」女孩又舔了舔紅潤的嘴唇：「她說，風帶來了妳的消息，告訴我，妳會被怨氣纏繞。」

我乾笑了兩聲：「將詛咒說得如此有文藝氣息的，我還是第一次見識。」

元玥一點都不覺得好笑：「是啊，所以原本我是沒怎麼放在心上的，就是有一些小鬱悶。就是覺得這女孩本來挺好的，說話做事都有趣，怎麼無端端的詛咒起我來了。但是當天，我就遇到了怪事。」

「Darling，您可能不知道。我在雪菲爾的一處小城鎮上學，甚至就留在那裡工作。」女孩話鋒一轉，開始聊起了自己的生平。

我用力摳了摳耳朵：「元小姐，別叫我 Darling 了，我聽不慣。妳那口純正的口音讓我壓力很大啊。」

「那我稱呼您夜不語先生吧。」元玥顯然有極好的家教，她沒有在稱呼上糾纏，繼續講述自己的故事：「夜不語先生，你知不知道，其實和所有人想的都不一樣，小城鎮其實是最沒有人情味的地方。

「那裡普遍缺乏正義感，如果你去過小城市或身在小城市，或許能感覺出那裡弱肉強食的血腥味更濃一些，一點都不安逸。這是普遍的現象，我所在的英國小城鎮同樣如此。」

女孩喝了一口果茶：「我所在的小城叫什麼名字，和我的故事並沒有半點關係，所以不提也罷。我大學畢業後，沒有接受父母的安排，而是在鎮上一家新能源設計公司上班。雖然忙碌，但倒也愜意。可就在網上泛泛之交的女孩發給我那條莫名其妙的訊息後，就真出事了。

「當時，我正在接一個客戶的傳真……」

根據元玥的說法，真正出現怪事，就是從網路認識的一個怪女孩的那條訊息開始的。元玥沒將話放在心上，認真的工作。新能源設計這一行人員單純，但是每一件事都相當繁瑣，甚至任何一個改動都需要和委託方來來回回交流，重新構思。

元玥喜歡這種單純。

這一次的單子是個第三世界國家的公司，那間公司不喜歡用網路工具，而是偏好傳真這種落後的訊息交流方式。沒辦法，在各行各業都不景氣的現在，顧主才是最大的。於是老闆將吃灰很久的傳真機重新插上，還叮囑元玥一直守著。

女孩有點好笑，又有點無奈。她守著傳真機一邊上網一邊等不可靠的對方將方案傳過來。很快，就到了午餐時間。辦公室中的員工陸陸續續去餐廳吃飯，元玥收拾了一下物品，正準備離開。

可一直沒動靜的傳真機，居然就在這時發出「啪啪」的噪音，嘩啦啦的將一摞紙張列印了出來。

元玥愣了愣，走上前。她將急速列印個不停，甚至由於速度太快，而像是嘔吐般把A4影印紙吐出來，到處亂飛的紙張撿起來，順手放在了桌子上。

但就是這麼簡單的一個動作，讓女孩偶然看到了紙上的列印內容。她整個人都愣住，之後冷汗「唰」的一下，就冒了出來。

不對！紙上的內容不對。對方公司明明應該發設計要求過來，那設計要求，應該是圖紙才對。可傳真機列印出來的，卻是文字。

元玥保持著蹲著身體撿拾紙張的動作，惡寒不停從腳底板往上冒。身處擁有中央空調的室內，本來明亮整潔的辦公室，在這一刻竟然顯得無比陰冷。

一個人也沒有，辦公室裡一個人也沒有，只剩下了她自己。

女孩擺動僵硬的姿勢，好不容易站起身，卻又下意識的，再次看了打印紙一眼。果然，Ａ４紙張的中央，列印著的文字，不是英文！

是中文！

元玥感覺自己的腦袋都無法運轉了。近期自己的公司並沒和中國公司有合作，何況哪怕是中國公司，也不會落後到發傳真。那到底是誰，發傳真給她？

對，肯定是發給她的。不然不會發中文。整個公司，只有她才看得懂中文！

而且，那個人很清楚自己的情況，否則也不會曉得她在幾個小時前臨時被派來看守傳真機。

到底是誰？到底是誰？

元玥很害怕，她強忍著恐懼，將仍舊躺在傳真機上的第一張影印紙抽了出來。躺在Ａ４紙張正中央的文字很小，猶如螞蟻。但是女孩仍舊能清晰地看到，上邊寫著一行對她而言如同詛咒的文字：

「妳的命，還有六十萬八百秒。」

第二張寫著：

「妳的命，還有六十萬七百九十七秒。」

第三張：

「妳的命，還有六十萬七百九十四秒。」

元玥一直看下去，而傳真機也一直不停的在噴紙。剛開始是三秒一張，後來變慢了，直到將傳真機裡的紙張耗盡。那喧囂的機器，才不情不願的停歇下來。

元玥被嚇得夠嗆，她再也待不下去了，尖叫一聲，將手裡的紙全部扔在地上，拔腿就跑。衝出了這個被陽光普照著的、明亮卻陰森的辦公室。

怪了，究竟是誰在倒數她的生命？究竟是誰，在惡作劇？

元玥，並不知道。因為當聽到她尖叫的一眾員工被她鐵青的臉嚇到時，全都湧了過來。一眾人問來問去，女孩結結巴巴的將事情的經過講述了一遍。有膽子大的員工走進辦公室後，卻笑著走了出來。

「元小姐，妳最近太累了，沒休息好吧。」那個員工手裡拿著一張紙：「這些紙雖然確實掉在地上，亂得很，但是上面什麼也沒有啊。」

許多員工紛紛望向那人手裡的紙，明顯也沒從紙上看出什麼來。

但視線接觸到影印紙的元玥的臉色，頓時更加糟糕了。她聲嘶力竭的尖叫著，「怎麼可能，每張紙上，明明都有中文和數字。」

確實，在元玥的眼中，每張紙都寫著一串不斷減少的數字。但是她的恐懼，讓其他的員工更加茫然了。

「別鬧了，元，妳回去好好休息，明天再來上班。」老闆咳嗽了一聲，要她放假。元玥死死盯著被員工順手放在桌子上的影印紙，明明上邊列印著中文字，可為什麼所有人都看不到。難道這些字，都只有她才能看見。這真的是僅僅給她的催命咒？

完全搞不懂為什麼的女孩，失魂落魄的離開了公司，朝家走去。

但是女孩並不知道，更恐怖的遭遇，才剛剛開始。

元玥講到這裡，端起桌子上的果茶，一口而盡。她漂亮的臉蛋上滿是惶恐。我沒有安慰她，甚至沒有說話。這個女孩給我的感覺就是會自己調整心情的類型。

果然，沉默了幾秒後，她又開口繼續講起來。

「夜不語先生，你有沒有聽人說過一句話。據說一個人百分之九十的擔憂，其實最終都不會發生。可我就偏偏倒楣的碰到了那百分之十。」

女孩的視線從我的臉上移開，繞到落地玻璃窗前。窗外小鎮一片蕭索，滿地落葉隨著一股不知從哪裡吹來的風席捲而起，然後悠然緩慢落地。

老闆強行放了元玥一下午的假，她沒地方去，乾脆開車到處溜達了一圈後，回了租屋處。

她家確實挺有錢的，但是倔強的老爸在她不聽安排後，便強硬的斷了元玥的生活來源。於是女孩在離工作地不遠的位置租了一間房子。房子位於公寓中，三房一廳，和另外兩個同樣是國人的留學女生合住。

人與人之間，其實關係也沒有想像中那麼堅韌。她與同居的兩個女孩屬於泛泛之交，見面了就點點頭，元玥也不太清楚兩人的底細。

回到公寓後，其中一個女孩沒上課，在客廳裡看連續劇，笑得正開心。突然，當她看到一臉陰鬱、轉過身準備進臥室的元玥時，竟不知為何，嚇得整個人都跳了起來！

元玥有些不解，她不明白女孩為什麼怕自己：「孫妍，妳在怕什麼？」

「妳自己看看妳的背上！」叫孫妍的女生顫抖的指了指她。

她搞不清楚狀況，於是幾步走到客廳角落的穿衣鏡前。自己的身影剛映入鏡子中，元玥整個人都如同篩子般抖個不停：「該死！該死！這是怎麼回事？」

只見鏡子中的她，整個後背都貼滿了密密麻麻的影印紙，每張紙上，都有一串數字。數字，在不停的減少。

該死，影印紙是什麼時候貼在她背上的？

元玥害怕極了，她七手八腳的將外套脫下來，一張一張用力的扯著紙。她一屁股坐在地上，還沒等將紙扯完，整個人就哭出了聲音。

人類都害怕未知的東西，這明顯有些超出她常識的詭異事件，令她幾乎快要崩潰了。

「玥姐，妳接到死亡通告了。」孫妍也許不忍心，最後顫顫的從沙發的角落裡爬出來，結結巴巴的說。

哭個不停的元玥抬起滿是眼淚的臉：「死亡通告？」

「對啊。那些影印紙上，是不是有一些只有妳才看得見的數字，而且在不斷減少？」孫妍小聲的問。

元玥用力點頭。

「那就對了，這就是死亡通告！」孫妍也點著頭，嘆了口氣：「真糟糕呢！」女孩一把拽住了她的肩膀，「妳似乎知道些什麼？把妳知道的通通告訴我！」

「我知道的東西並不多。」孫妍也很害怕，彷彿某些東西光是回憶，都驚悚得凍徹心腑：「我來英國讀研究所之前，曾在家鄉的一家小公司短暫就職過。那時，就發生了和妳的遭遇類似的狀況，沒想到這恐怖的詛咒，漂洋過海，竟然又出現在英國的小鎮上。」

「說重點！」元玥的手太用力，明顯把孫妍抓痛了。

孫妍輕呼一聲，向後退了兩步，苦笑道：「我當初實習的那家公司，很小，也沒有太多繁瑣的業務。由於是和政府有關係的企業，所以在不景氣的時候，還能勉強存活。但是老闆已經裁了大部分的員工，改用大量的實習生。因為實習生薪水低嘛。

「我還記得那一天和平常沒什麼不同。我才開始工作三天，主要做的是秘書工作。辦公室的角落有一台老舊的傳真機。這個年代還用傳真機的人實在很少，所以我也沒有太在意。更沒有發現，似乎整個辦公室的人，都有意無意的繞開傳真機走。直到，那台傳真機，突然響了起來……」

第二章 詛咒

傳真機這種許多十多歲的少年少女們都不一定知道的神物，其實大多數的公司都還備著。只是極少使用。

孫妍實習的那家公司，偌大的辦公室，一大半都空著。寥寥十多人在辦公，每個人都很認真。整間辦公室除了偶有敲擊鍵盤的聲音，剩餘時間幾乎都鴉雀無聲。所以當老舊的傳真機發出刺耳的噪音，猶如遲暮老人不斷咳嗽般啟動時，所有人都抖了一下。

噪音聲中，影印紙被捲入了列印區，之後「唰唰唰」的幾聲，又從出紙口吐了出來。彈出的紙猛地飛出一公尺遠，接著在重力作用下，緩緩的掉落地面。

緊接著第二張紙、第三張紙……

不斷地有影印紙被傳真機吐出來，紛紛揚揚落地。

老員工們聽到傳真機的聲音，竟然如同聽到催命符般，臉色大變。沒有人起身，甚至沒有任何人理會那響個不停的傳真機。他們將頭壓得更低了，就連拿筆的手都勤奮了許多，在眼皮子底下的文案上不斷地寫寫畫畫。

彷彿沒有人聽到傳真機在響，沒有人注意到傳真機仍舊在不停地吐紙張。

直到坐在傳真機附近，一個同樣是實習生的小女孩耐不住了，走上前將地上的紙張撿起來。只不過是彎腰一個簡單的動作而已，喧囂吵鬧的傳真機戛然而止，就此熄了火。

「咦，怪了。上面沒東西啊？這機器壞了？」女實習生看了一眼由傳真機吐出來的一地的影印紙，奇怪道。

一地亂糟糟的白紙，鋪在辦公室的地面，就像是燒給死人的紙錢般刺眼。被窗外射來的陽光一照，頓時顯得更加詭異起來。

「上邊沒有字？」坐在辦公室中央，一個叫吳勇的老員工沉不住氣了，突然開口問。

女實習生搖頭，「沒有。白紙一張。」

吳勇的臉色變得更糟糕了，「把紙全扔掉。丟樓下垃圾桶去！」

女實習生有些摸不著頭腦，明明辦公室就有垃圾桶，為什麼這位前輩非要她將好好的還沒用過的影印紙扔到樓下。這裡可是十三樓啊！況且，丟了多浪費！

她猶豫了一下，還是照做了。

當女實習生離開辦公室時，孫妍清清楚楚的聽自己身旁的一位老員工在小聲嘀咕：「不是她。死亡通告，通知的不是她。這個女孩看不到字。那麼，該死，該死，這次通告究竟通知的是誰？」

孫妍被老員工的這番話說愣了。這是怎麼回事？這番話，到底是在指什麼？她沒搞懂，不過很快，辦公室中又出現了怪事。到那時孫妍才明白，老員工嘴裡的意思，究竟有多麼可怕！

就在實習女生剛走到走廊時，老闆突然從外邊走了進來。

「剛才鬧鬧嚷嚷的在弄什麼，不工作還想拿薪水啊？」公司老闆是個四十多歲的中年人，不知道是否壓力太大，頂上都有些開始發亮了。

他瞥了一眼實習生手裡的垃圾桶，「這些影印紙好好的，幹嘛丟垃圾桶裡？」

實習生被老闆的語氣嚇到了，手忙腳亂的想要把垃圾桶放在地上。可是手一抖，桶傾斜著將垃圾全都瀉在了地面。

滿滿一地面的白色影印紙，猶如地板的血液，白得刺眼。

老闆狠狠瞪了她一眼，蹲下身撿拾一地垃圾。但當他下意識的把視線轉移到紙上時，整個人彷彿被高壓電擊中，以完全不合年齡的彈跳力高高跳了起來。

這傢伙跳得像是一隻受驚的老貓，身體緊緊貼牆壁，手指著那紙，哆哆嗦嗦的喊著，「死亡通告！媽的，居然是死亡通告！」

他的話讓如同死水的辦公室內所有的老員工都是一抖，視線全都集中在了老闆身上。

老闆卻早已經面色慘白，無力的擺擺手，一屁股坐倒在地。

這究竟是怎麼回事？入職沒多久的孫妍和小實習生都沒太搞明白。她們倆不約而同的看了看驚詫不已而又不知為何突然在慶幸的老員工，以及面若死灰的老闆。頭頂上浮著無數個大寫的問號。

「勇哥，老闆到底是怎麼了？」一臉見鬼的表情。」孫妍低聲問一旁的吳勇。

吳勇又是慶幸又是可憐，答非所問的低聲道：「不是我。死亡通告通知的不是我！太好了！真是太好了。」

事情到了這程度，哪怕是白痴，也明白有問題了！

「怎麼會是我，這份死亡通告，為什麼是我收到？」老闆用力想用雙手撐起身體，可是試了好幾次，但都因為驚駭過度而沒法成功。

孫妍看著老闆那近乎青紫色的臉，憋不住，好奇的再次問吳勇：「勇哥，老闆嘴裡的死亡通告是什麼意思？明明那些影印紙上什麼也沒有，是白紙一張啊。」

「上邊的東西，妳是看不到的。幸虧咱們都看不到。是被死亡通告通知的人，才會看到上邊的字。只有那個人，才知道白紙上寫的究竟是什麼。」吳勇恐懼的壓低了聲音：「這已經是第三個了……」

「第三個？」孫妍不笨，她立刻從吳勇的話中聽出了意思，「勇哥，難道公司裡還有另外兩個人收到了死亡通告？」

「沒錯。」吳勇點了點腦袋。

女孩眨巴著眼睛：「那兩個收到死亡通告的人呢？」

「小妍，妳還沒聽懂啊。死亡通告，死亡通告。什麼叫做死亡通告？」吳勇閉口不談先前接了死亡通告的人到底怎麼了。

但也不需要他說明了，孫妍渾身一抖，嚇得夠嗆：「難道死了？不會吧，真有那麼邪門？」

吳勇乾笑了兩聲，沒有開腔。

不遠處走廊上的老闆終於撐起了身體，他手軟腳軟的大吼大叫：「不是我，絕對不是我！」

一邊喊著，一邊瘋了般歇斯底里的朝樓外跑去。說時遲那時快，剛剛還平躺在地上的大量Ａ４影印紙，竟然被不知從哪裡冒出來的一股邪風吹起，如同長了眼睛般，追著老闆的背影飛了過去……

這令人顫駭的一幕，嚇呆了所有人！

怪了，怎麼回事？公司的走廊是一處死角，根本沒有窗戶。那股風到底是從哪兒吹來的？

隨著無數影印紙飛起，遠遠地，全辦公室的人，聽到了一聲慘嚎。是公司老闆的慘嚎。也是這位四十多歲小有成就的中年人在這個世上發出的最後的聲響。

孫妍在就職幾天後便失業了。原因是公司老闆跳樓自殺，公司倒閉。之後她又輾轉在好幾個小公司就職，但是工作的時間都不長。

每次的原因都一樣。公司有人收到死亡通告，有人自殺，公司倒閉。

最終，孫妍發現，這不僅僅只是她一人獨有的經歷。在這個小城市，似乎籠罩在死亡通告的陰影中，每個人都有可能莫名其妙的收到死亡通告。

沒人能夠例外！

死亡通告席捲了小城市，讓這個封閉落後的地方，成了詛咒的饕餮盛宴。沒人清楚最初死亡通告是誰發出的，究竟為什麼會出現。也沒有人知道。

所有人都想要從那個小城市中逃走，也確確實實許多人都逃掉了，再也不敢回去。孫妍也是逃離被詛咒的小城市的其中一人。她的父母賣掉了房子，供她到英國讀書。

已經三年了，死亡通告據說在那個小城市中如同突然出現一般突然消失得無影無蹤。孫妍也將這件事淡忘了。

沒想到，同樣的死亡通告，居然漂洋過海，出現在萬里之外的英國，自己同居的朋友元玥身上！

「所以說，妳在國內的時候，就遇過死亡通告？」元玥越聽臉色越是慘白。對於長期接受科學教育的她而言，腦袋實在無法處理類似的非理性以及非自然的事物，「妳認為，這是一種詛咒？」

「不錯，如果非說它不是詛咒的話，那又能是什麼？」孫妍也是臉色蒼白，害怕不已，「雖然我從來沒有接到過死亡通告，但是它一直都在我身旁發生。妳有沒有想過，自己的同事、朋友，乃至親戚都因為這個莫名其妙的通告而死掉。這有多可怕？」

元玥無力的搖了搖腦袋，喃喃道：「如果真的是詛咒，那麼源頭是什麼？一件事不可能無頭無尾的出現，哪怕是病毒，也有傳染源頭啊？」

孫妍想了想：「妳說的也對。我想想，雖然自己在國內時，身旁有那麼多人接到死亡通告。但是自己從來不敢深究，如此恐怖的東西，躲都來不及咧……」

說到這，女孩突然拍了拍手：「對了，想起來了。記得其中一個接到死亡通告的同事，曾經對我說過，她的QQ曾經在前幾天，突然有個陌生的女孩加她，說了些奇奇怪怪的話。沒幾天後，她就，死了！」

「陌生女孩？奇怪的話？」元玥猛地渾身打了個冷顫。

孫妍連忙道：「妳有線索了？」

「半年前曾經有個怪女孩加我，我們不太常聊。但昨天她倒是對我說了些莫名其妙的話。說什麼風帶來了妳的消息，告訴我，妳會被怨氣纏繞。」

「對！就是這個！」孫妍提高了音量：「這明顯是詛咒啊。類似的關於風什麼的詞語，我也聽那些接到過死亡通告的朋友，在死亡前隱約咕噥過。難道那女孩有問題？」

元玥皺了皺眉，她在腦袋裡迅速梳理了一遍半年多來，那個女孩透過網路和自己的對話。似乎那神秘女孩，確實有挺多怪異的地方。

第一，那個女孩從來不提及涉及自己的任何事。

第二，那女孩絕口不提自己在國內的位置。

第三，那女孩雖然知識淵博，而且似乎什麼東西都知道些。可是卻出奇的天真，和年齡不符。

說來說去，元玥突然發現這個半年前透過網路結識的網友，似乎確實不太簡單。她有意將自己臉譜化，有意淡薄自己的存在感。再加上昨天說過的那句怪異的話，以及今天就出現的死亡通告……

難道這一切，都只是巧合？

「我有一個軟體，能抓取通訊軟體的使用者IP。我們要不要看看這個女孩究竟在國內的哪個城市？」孫妍建議道：「對死亡通告，我也挺好奇的。如果真是她的詛咒，那麼必須要小心應對。在我所在城市，那個詛咒氾濫成災，將好好的一個恬靜之所活生生變成了地獄。我好不容易才逃到英國，剛安頓好，可不想又落跑了。」

元玥麻木的點點頭，她轉頭從鏡子裡望了一眼自己背上貼了一背，扯都扯不下來的倒數著自己生命的影印紙，只感覺渾身都在冒雞皮疙瘩，陰冷刺骨。

影印紙上的數字歸零時，是否便是自己死掉的時刻？鬼才知道！在這沒有再印出自己生命的時刻，自己的命已經沒有被數字量化。但是誰知道，自己的生命，是不是繼續被詛咒倒數著？

而計數的標準，又是什麼？

果然，還是要對詛咒多瞭解一些才行。

元玥本就是個比較堅強的女孩，她接受了孫妍的建議，跑進臥室拿出自己的筆電，打開了QQ。孫妍對電腦比較精通，找出了那個神秘女孩的IP位置後，在網上搜索了一下。

很快，詳細地址就找到了。

「風嶺鎮！」看到這三個方塊字的孫妍臉色大變，猛地先後退了幾步。

元玥緊張的看著她：「妳怎麼了？妳知道風嶺鎮？」

「廢話，當然知道。」孫妍指著自己的臉，幾乎快要爆粗口了：「三年前，我就是從風嶺鎮逃出來的。那裡，就是我的家鄉！果然，果然。原來那鬼地方的死亡通告詛咒，根本就沒有消失，還在往外傳播！」

女孩一邊說，一邊不停來回走，眼看就要逃命似的出了門。

元玥走上前，一把拽住了她的肩膀，「幫幫我。」

她實在是嚇壞了，說話間眼淚又流了下來。

孫妍顯然也被嚇得夠嗆，她不停搖頭：「不行，我幫不了妳。實在幫不了。我怕真的涉入太多，自己也會陷進去。既然是詛咒的話，要不妳去找個教堂或者廟宇驅驅魔試試？真的！風嶺鎮上有些人找道行高深的和尚，真的就沒被詛咒了。」

她幾步退出了元玥的房間，看元玥手足無措的絕望模樣，一咬牙，還是狠心的決定不再摻和。在回到自己房間前，最後說了一句話：「玥玥，聽我一句話，小心，風！」

說完，她重重的合攏了門。

「小心，風？」絕望的元玥沒聽明白，死亡通告，和風有什麼關係。她甚至不明白，孫妍為什麼顯得比她更加的害怕。難道發生在她老家的，來自於風嶺鎮的詛咒，會有某些更加可怕的隱情？

聰明的元玥整晚輾轉反側。她將外套脫下來，沒有洗漱。她根本就不敢洗漱。這些催命符似的紙，彷彿真的是活著的。脫了外套後的她還沒回過魂，只是眨眼的工夫，紙就已經貼在了她的內衣背後。

脫了內衣，無數影印紙又猛地悄無聲息的出現在她的背部皮膚上。女孩甚至都不知道這些紙，什麼時候飛過來的。

一切的一切，都顯得無比詭異。這些被傳真機吐出來的影印紙，已經超越了常識的存在，根本無法用現有的科學解釋。

元玥根本不敢嘗試著去摧毀它們，她完全不曉得自己摧毀這些紙張，詛咒是不是會惡化，又或者會消失？但是作為一個理智的新時代女性，她深深的清楚，一切事物都符合莫非定律。如果一件事開始惡化的時候，越是努力，那麼就會越朝著惡化的方向更加的惡化。

她什麼都不敢嘗試，就那麼上床睡覺去了。

在床上折騰了一整晚後，頂著碩大熊貓眼的元玥終於決定去他媽的丟掉堅持了一生的科學價值觀，去附近的教堂驅魔試試看。

英國公教是聖公會，屬於基督教新教的一種分支。曼徹斯特的教堂，大多是聖公宗教會。元玥這位移民第三代，她的父母信的就是聖公宗，一生都在為聖公宗納貢。

雖然這位美女一點都不信非科學的東西，但是一想到驅魔，還是決定去聖公宗教會一趟。畢竟新教對驅魔等等非理性的東西比較不牴觸，天主教就不同了，想要驅魔，不先上報到梵蒂岡是沒門的。

早上稍微打理一下自己，化個淡妝就出門的元玥，總覺得自己忘記了什麼。

沒錯，她忘記了孫妍曾經告訴過她的一句話。

風，小心風！

這毫不起眼的一句話，卻令元玥，差點再也沒辦法回家。

第三章 致命陰風（上）

有時候，一旦遇到了糟糕的狀況，好運氣就會開始逆流。人的感官會覺得一切都變得不順利。

例如元玥，她自從昨天遇到死亡通告後，就發覺連臨時決定出門都艱難無比。原本簡單俐落就能搞定的瑣事，將她如同提線木偶般鎖住，例如刷牙找不到牙刷、又例如洗臉發現洗面乳不見了。

以前幾分鐘就能完成的事，女孩足足折騰到上午九點過後。最終熊貓眼還是沒遮住，她穿了雙運動鞋，匆忙的朝手提袋裡塞了些亂七八糟的東西，跌跌撞撞的打開門走了出去。

就在她跨出門的瞬間，本來還陽光普照的天氣，突然變得惡劣起來。

不知何處吹來一股陰風，吹得她猛地抖了幾下，打了個寒顫。

「怪了，怎麼變天了？」元玥抬頭望了天空兩眼。陰沉沉的天，烏雲密佈，雲層壓得很低，低壓壓的雲朵被風吹拂得不停以極快的速度朝東方流動。看得人極為壓抑。彷彿無數的陰魂在那些觸手可及的烏黑雲層中嘶吼，尖叫。

女孩看得有些怕，她拉了拉單薄的外套，加快了腳步。

曼徹斯特的街道是方塊形的，路網四通八達。在三個街區外就有一座聖公宗教堂，雖然元玥從來沒有走進去過。

早晨九點多的天空，不再通透明亮，藍色天際消失不見後，就連地上的影子都倒映不出來。每每走過櫥窗，元玥總想加快腳步。因為從櫥窗玻璃的反射中，她能看到自己衣服外貼著的許多白色影印紙。

關於這些紙，元玥又有了個新的發現。密密麻麻的影印紙不但會順著她的穿著而緊貼在她最外層的衣服上。而且最可怕的是，紙上那些只有她才能看到的數字，竟然非常的主觀。

只有當她的眼睛看到紙面時，紙上倒數計時般的數字才會變化。每看一次就會減少一點。元玥用心計算了一下，兩次視線之間落在紙上的時間間隔無論隔多久，通通都會流動十秒鐘左右。

這死亡通告實在是太怪了，完全不同於任何都市傳說中的詛咒。說它有跡可尋，但卻又偏偏令人摸不著頭緒。

元玥不想承擔紙上的數字歸零後的結果，沒有人想死！

女孩的腳步不斷加快，雖然別人看不到紙上的數字，但是卻看得到紙。背後揹著一大捆影印紙，讓她有些羞恥的想要找個地洞鑽進去算了。

「媽媽，那位黑頭髮的姐姐背上為什麼揹著那麼多影印紙，是今年的流行嗎？」

一個金髮小屁孩從她身旁路過，好奇的問。

他的母親搖頭，「那姐姐可能是什麼行為藝術家吧。現在曼徹斯特的街頭，行為藝術家比野貓野狗還多。」

全世界的小鬼都是一個德行，金髮小屁孩眼珠子骨溜溜轉了兩下，居然在和元玥錯身而過時，伸手扯住她背上的一張紙。

就在這時，異變突生！

一襲風，無形的風，有形的吹了過來！

小鬼的手剛接觸到影印紙，就被紙黏住了。確切的說，紙黏在他手上。那個只有五、六歲的男孩愣了愣，下意識的將手甩了甩，沒甩掉。接著用力甩，紙仍舊如同附骨之蛆，牢牢的貼在他的大拇指和食指之間。

「約翰，你過動症又犯了。」他媽媽不滿的敲了敲兒子的腦袋。

小鬼委屈道：「媽媽，這張紙黏得我不舒服。」

「快點拿下來還給姐姐。」母親瞪著兒子，一邊說一邊伸手想要替他把紙拿下來。可是這用力一扯，非但沒有將紙扯開，反而把自己的兒子給扯倒了。

「嗚嗚，好痛！」小鬼一屁股倒在地上，痛得眼淚都快流出來了。

母親皺了皺眉：「怎麼回事？」

她上上下下仔細打量了兒子的手指以及紙張的貼合處，不由得倒吸了一口涼氣。

這哪裡是貼上去的啊，紙和手指的黏合整齊無比，彷彿這張一分鐘前才被兒子扯下來的紙，已經長到了肉中。

可是，這怎麼可能！太匪夷所思了！

「喂，妳背上的紙是怎麼回事？上邊塗了什麼？」母親移動視線，最後停留在了元玥的臉上。護犢的情緒開始滋長，「妳對我兒子做了什麼？」

「我、我什麼都沒做！」元玥接到死亡通告後，精神狀態已不太好，她被男孩母親的這句話問傻了，「是妳兒子自己去扯我背上的紙……」

「我不管，你們這些外來移民就是問題。外來移民都是罪惡的人，你們把罪惡帶到了英國。說，妳到底用了什麼東方巫術？」眼看著兒子的手越來越痛，母親的語氣也越來越惡劣。

人類天生愛八卦，有人吵架，就一定有人圍觀。路上行人見這邊有狀況，紛紛湧過來，圍成一圈。

大家指指點點，雖然分不清狀況，但都對母親的排外種族主義有些不滿。元玥見周圍的人越來越多，不想再糾纏，正準備儘快溜掉。但是那位凶巴巴的母親已經認定了女孩對自己兒子使用了巫術，匆忙中一把抓住了她背部的衣服。

「別走，喂，妳這個東方女人如果不解除我兒子身上的巫術，我一定會報警。不，我要報告教廷，讓教廷燒死妳這個東方女巫。」男孩母親凶狠的說道。

元玥簡直無語問蒼天，這到底是什麼瘋女人。明明是自己的兒子調皮，居然一股腦的將責任扔在受害者身上。都說曼徹斯特裡有許多中年婦女被各種包裝著宗教的邪教洗了腦，特別是小地方越嚴重，想來身旁這位就是其中之一。

「放手。」元玥完全沒了耐心，她提高音量，用力掙扎想要擺脫男孩母親的手。說時遲那時快，她後背上的衣物鬼使神差的掃到男孩母親的手臂。

頓時，好幾張影印紙就那麼貼到了男孩母親手臂上，那個中年女人連忙尖叫著鬆開了手。

「這是什麼！這是什麼！」金髮的中年婦女似乎覺得不太舒服，發瘋般撕扯手臂上的紙。白色的影印紙，竟然如同貼在殭屍額頭的符咒般無論她怎麼扯都扯不掉。越是撕扯，婦女越是痛得尖叫。

不只元玥，連周圍的圍觀者也被這詭異的一幕嚇到了。元玥不停的向後縮，想要離開這鬼地方。不斷有圍觀的人倒抽一口冷氣。而被圍在圓圈中心的母子則歇斯底里的扯著手上扯不掉的影印紙，看得人不寒而慄。

突然，母子倆的動作，不約而同的停住了。

他們彷彿看到了什麼其他人看不到的東西。母子抬頭，望著天空。接著視線沿著一條什麼都沒有的曲線移動了片刻。

「風，好可怕的風！」男孩母親的話音剛落，兩人的腦袋，竟然就掉了下來。

毫無徵兆的，兩個大活人的腦袋竟然就掉了。直到那兩顆頭滾到元玥的腳旁時，母子倆的脖子才噴出了五公尺高的紅色噴泉，身體逐漸被地心引力掌控，倒了下去。

「啊！啊啊啊！」元玥被嚇得不停尖叫，她的腦袋完全無法思考了，她推開旁邊同樣被嚇傻的人牆，拚命的跑，拚命的逃。她無法閉眼睛，只要一閉眼睛，腦子裡浮現的就是那對母子的頭。

母子倆的腦袋被割得整整齊齊，猶如被鋒利無比的手術刀齊根切斷。到底是什麼東西，割斷了這對母子的頭？元玥明明什麼都沒看到，可那兩個素不相識的人卻死了，就死在自己的面前。

難道，這也和那莫名其妙出現的死亡通告有關？

驚魂未定的元玥連滾帶爬的終於跑到了附近的教堂前。看著那灰牆紅尖頂的建築，彷彿內心找到了支柱似的，竟然就那麼稍微安定了些許。

她在教堂前停頓了一下，整理了凌亂的衣服。這才心事重重的走入教堂內。神就在教堂內中央的位置，那白色的雕像安寧祥和，彷彿將人間所有的罪惡，都釘在了十字架上。

猶豫了片刻，元玥找了一間告解室，敲了敲只隔著薄薄木板的神父的窗戶。

「神父，我被詛咒了。」元玥開口第一句話如此說道。

神父說：「我的孩子，主會寬恕妳。」

「不是的，神父，我沒有罪。我的意思是，我被詛咒了！」女孩提高了音量。

「主會寬恕妳的，我的孩子。」神父大概是告解聽多了，機械式的回答。

「我被詛咒了！神父！你們家驅魔的部門在哪裡啊！」元玥非常焦急，她用力敲了敲告解室的窗戶。

薄薄的門板另一邊，神父的聲音卡住了。等了短短幾秒之後，窗戶薄板被推開，一張蒼老的臉露了出來。老神父上上下下打量了元玥好久，這才道：「妳被詛咒了？」

「對！」元玥指著自己的臉，深深的點頭。

「主會寬恕所有的邪惡。」老神父撓了撓頭，覺得眼前這個靚麗的東方小妞似乎不像是在開玩笑。但是最近這幾年，幾乎沒兩天都會有人跑到教堂來聲稱被魔鬼附身了，最終證明這些人都是精神有問題。

於是老神父很乾脆的將窗戶又關回去，「聖水會消除邪惡，請用我主聖像下的聖水，洗滌妳被詛咒的靈魂。」

這句話說完後，老神父就死都不願再理會她了。

元玥沒有辦法，只能離開告解室，來到教堂的主廳。雖然只是小教堂，但這家屬於聖公宗教會的教堂仍舊十分恢弘。巨大的圓形柱子支撐著尖頂的穹窿，不甚明亮的主廳內，一排排長椅子並列擺放著。

三三兩兩的信徒正坐在椅子上禱告。

聖主雕像就在大廳的最內側中央。元玥覺得自己跟這間教堂格格不入。她背上揹著一堆影印紙，她用猶豫的腳步，朝聖主雕像下的水池走去。

水池中有個潔白的裸體聖女雕像，聖女手裡捧著一口盤子，盤子正中間不斷有水噴出來。這就是教堂所謂的聖水了。

由於元玥的父母也是聖公宗教會的信徒，所以她對教堂中的一切並不陌生。雖然聖水的成分沒有人清楚，可元玥總覺得，這東西其實就是被信徒認為加持了某種神秘力量的一般自來水而已。

但是她接到的死亡通告，已經離奇到無法用常識以及科學知識來解釋了。

首先，死亡通告來得就很離奇。元玥抓破了腦袋都搞不清楚，究竟這詛咒是怎麼傳到她身上的。真的是因為那個來自風嶺鎮的神秘網友嗎？

如果真是她，又為什麼要詛咒自己？

第二，這死亡通告邪門得很。根據元玥所掌握的資訊，詛咒會以視線看到為標準，主觀的進行倒數計時。根據自己室友孫妍的說法，紙上的時間倒數為零時，被詛咒者通常會以各種原因死掉。

第三，作為詛咒的主體，貼在自己背上的數量驚人的影印紙通常都浮貼在元玥最外層的衣服上。而且，透過路上那對母子的經歷，詛咒似乎能夠轉移。所有試圖扯掉影印紙的人，都能輕易的將影印紙扯下來。

但是被扯下來的影印紙，彷彿會長進那個人的肉中，無論如何都擺脫不了。

最後，街上母子倆臨死前最後的一句話是什麼意思？

「風，好可怕的風？」

這會是他們腦袋突然掉下來斃命的原因嗎？

可這又關風什麼事了？

一邊朝聖主雕像走，元玥的腦袋一邊思考個不停。就在這時，她想起了孫妍昨晚也曾過過一句話。

她說，小心風。

又是風。

死亡通告和風之間，到底有什麼聯繫？

終於穿過教堂主廳，元玥走到了水池前，她心不在焉的拿起小勺子舀了些許聖水，輕輕用手沾了一點，澆在了自己的臉上。

不管這被稱為聖水的自來水有沒有用，元玥總歸想要尋找一些心理安慰。

就在聖水澆在她身上的一瞬間，異變突生！

整間教堂，猛地劇烈震動了一下，就彷彿教堂外有什麼龐然大物，撞擊了這棟古老的建築。

「怎麼了？」教堂中的所有人都感覺到這不同尋常的震動，紛紛抬起頭望向頭頂。

巨大的教堂頂端，有著悠久歷史的石砌穹頂上因為撞擊，不停有灰塵「唰唰唰」的往下落，極為震撼。

元玥不寒而慄，她站在偌大的教堂主廳中，拿著盛有聖水的勺子，不知所措。聖水一滴一滴的落下，濺入水池裡。

地震？不像！哪有地震只震動了一下就沒有後續了。

教堂裡有些人感覺沒什麼後，又重新坐了回去。元玥下意識的舉起手裡的勺子，再次往自己的身上澆了些聖水。

說時遲那時快，教堂再次震動。女孩嚇得夠嗆，就連拿勺子的手都哆嗦著鬆開了。好巧不巧的，勺子中剩下的水澆了她一頭一臉。

這些被稱為聖水的自來水順著元玥的臉滑了下去，流經她的背，最終流到了她單薄的外衣上。只聽到背後的催命影印紙發出「嗤嗤嗤」的猶如油鍋裡濺入了水的難聽聲音，整個世界，彷彿都要崩潰了。

至少教堂，要碎了。

外邊就像有無數的挖掘機在瘋狂的從四面八方撞擊教堂的外牆。天花板的灰塵不停掉落，癲狂的搖晃將深深藏在地板下以及下水道的老鼠都給驚了出來，數百隻老鼠紛紛從各處湧出，順著大廳朝外逃。

小動物都有預知危險的能力，但人類類似的能力就差了好大一截。禱告的信徒，內屋的神父愣神了好幾秒，才瘋了似的往教堂外跑。

「地震了，真的地震了。我的主！」一個中年女性信徒尖叫著，看著正中央的聖主雕像塌了下來。堅實的十字架砸在水池中，變成碎塊。滿池的聖水流到了元玥的腳底。

元玥終於被這恐怖的變故驚醒了，她抱著腦袋拔腿就逃。年輕人始終比老年人動作俐落。直到她跑出教堂，許多人都還沒有逃掉。

教堂的震撼在陰沉的天空下，似乎並沒有引起人們的注意。街道外依然保持著曼徹斯特郊區外小鎮的寧靜，偶爾有些許遊客和路人走動，竟然沒有任何人察覺到，這間擁有兩百年歷史的教堂在顫抖。

元玥傻呆呆的，站在街道上發抖。她和其他幾個同樣逃出來的人表情一模一樣，同樣的迷惘，同樣的摸不著頭腦。

並沒有地震。震動的只有教堂而已。

可一座好好的擁有堅固結構的石製教堂，怎麼會無緣無故的晃動個不停呢？元玥不明所以，她傻呆呆的轉過身，朝教堂內望去。

年邁的老神父還在往外跑，他一邊跑，一邊還在不停安撫身旁幾個同樣老邁的信徒。教堂本體的震動，不知何時已經停止了。

街道上的安靜，和剛才教堂中的驚慌形成了強烈的對比。元玥下意識的摸了摸自己的背，直到現在，她才突然發現，緩過神來，站在自己身旁的信徒們，視線全都集中到她背上。

「妳的背……」其中一個人指著元玥的背，驚駭的瞪大了眼睛。

元玥的手摸到了影印紙，觸感似乎也不太對：「我的背怎麼了？「我的主！我的老天！」越來越多的信徒開始恐慌，只知道禱告，完全沒人告訴她背上有什麼東西，居然令他們如此驚慌。那種恐懼的程度，甚至比剛剛教堂震動時還甚。

該死，自己的背上到底有什麼？

元玥恨不得將外套脫下來自己看看，可是她不敢。理智告訴她，越是反常的狀況，越要冷靜，搞清楚究竟是怎麼了。否則便會受到莫非定律影響，變得更加糟糕透頂。

就在她被那些驚訝的信徒們弄得快要崩潰時，身旁的教堂卻先於她崩潰了。只聽震耳欲聾的「轟隆隆」聲響起，教堂的穹頂轟然墜落。無數石塊支撐的穹頂原本是靠著自身的重量互相支撐，現在支撐被打破，整個教堂頓時如積木般，四分五裂。

還沒有跑出來的神父以及幾個老信徒再也沒有逃出來的可能，就那麼被跌落的石頭掩埋在教堂底部。

灰塵四起，瀰漫了視線。剩下的信徒和元玥嚇得心膽俱裂，飛散而逃。

之後的事情，堪堪逃回宿舍的元玥，也是蜷縮在被窩中，透過當地的電視台看到的。藉著新聞，她發現了驚人的詭異的一幕。

教堂的倒塌，居然如此的超自然，難以解釋！

第四章 致命陰風（下）

《卡拉馬助夫兄弟們》中伊凡的疑惑：一個人，不可能獨自得救，哪怕為此拒絕天國。

不過同樣是在《卡拉馬助夫兄弟們》中，還有另一句話：要愛一個人，那個人必須隱藏起來，只要一露面，愛就消失了。

表面上，這兩句話同樣說的是基督教中純粹的愛。但從其他方面看，又有另外一種意思。那就是，或許愛本就是主觀的東西。看得見時，愛，就沒有了。

借用論證法，愛情這種無法捉摸的玩意兒在很多時候，或許也同詛咒差不了多少。元玥身上的所謂「死亡通告」的詛咒，也幾乎和看不見摸不著的愛情一樣，有非常多難以理解和不確定的地方。

坐在咖啡館中的我，抬起手，喝掉了杯子裡的最後一口液體。元玥也適時的將自己的故事停頓了一下，不知不覺間，咖啡廳陷入了寧靜中。

窗戶外街道上蕭條的景色為小鎮蒙上一層陰影，但是無論這層陰影有多灰敗，也難以令我想像，這個在地圖上要放大到極致才能標成一個點的微小城鎮，居然在幾年前，是「死亡通告」的發源地。

實在是看不出來！

元玥約我到風嶺鎮見面，難道是想從源頭解決「死亡通告」的詛咒？不，不太對！

我皺了皺眉，仔細回憶跟她碰面的情景。她在一個多小時前走進咖啡廳，那時我已先到。但是她單薄的外套上，並沒有貼著密密麻麻的影印紙。

根據她的故事，死亡通告中詛咒的表現方式之一，便是只有被詛咒本人才能看到的倒數計時的影印紙，會依附在被詛咒者最外層的衣物上。

元玥見我直愣愣的盯著自己的衣服，笑了笑：「夜不語先生，看來你已經發現我的衣服上沒有影印紙了。這就是接下來的故事。」

我淡淡的搖了搖頭，「根據協議，我來風嶺鎮跟妳碰頭。而妳，會把那一件我很感興趣的東西送給我。協議裡並沒有講明我需要聽妳冗長的故事。而且，既然妳背上的影印紙沒了，詛咒應該也解除了吧。既然沒我什麼事情，那麼把東西給我，我也要走人了。老實說，我最近挺忙的！」

自己確實是有強烈的好奇心，但是最近我身上發生了驚天大事，如果不是因為元玥手上的東西極為重要，我根本就不會抽時間跑這鬼地方一趟。

「東西不在我手上喔。」元玥淡淡道。

我頓時站了起來，眼睛一眨不眨的俯視她：「妳什麼意思！」

她抬頭，絲毫不讓，「夜不語先生，或許你太有自信了，也或許你太急躁了。你就沒有想過，我為什麼知道那個東西對你很重要？為什麼你遍尋不著的那樣東西，會出現在我手裡？」

我啞然。自己哪有可能想不到這點。但是憑我現在的狀況，對那樣東西，是絕對無法放棄的。

我嘆了口氣，「說吧，要怎麼樣，妳才肯將東西給我。」

「那就，繼續聽我的故事吧。夜不語先生，不好奇為什麼我身上沒有了死亡通告的詛咒嗎？」元玥重新笑起來：「這中間，真的又發生了很多事咧。」

我冷哼一聲：「妳身上，真的沒有詛咒了嗎？」

元玥的笑容凝固了一下。

「別真以為我傻。如果妳真的解除詛咒了，為什麼還費盡心思讓我一定要到風嶺鎮來，聽妳無聊的故事？」我撇撇嘴：「既然大家都把話說開了，我就大膽的猜一猜吧。風嶺鎮，應該是死亡詛咒的發源地。而妳被詛咒，絕不是無緣無故的。

「在曼徹斯特一座小鎮的公寓裡，居然住著三個中國人。其中兩個人，妳接到死亡詛咒，另一個是從死亡詛咒的源頭——風嶺鎮上逃出來的。我可不可以認為，妳的室友孫妍，本身就有問題。妳的所謂的神秘網友，來自風嶺鎮的怪女孩有可能詛咒了妳。但我覺得，反倒孫妍的嫌疑最大。」

元玥的臉上，已經完全失去了笑顏，她略顯震驚，甚至連語氣都泛著苦：「夜不語先生，你果然比我想的還要聰明。」

我坐下來，重新點了杯咖啡：「妳果然是被孫妍詛咒了，對吧？」

「不錯，直到前不久，我才搞清楚，詛咒我的確實是她。這個臭女人，隱藏得真好。」元玥苦笑。

「那我再來猜猜。」我用指節敲了敲桌面：「但凡涉及到倒數計時類的詛咒，雖然形式各有不同，但規則中卻有些許生機。死亡通告在妳的故事裡，似乎是借用影印紙展示只有被詛咒者才能看到的倒數計時，數字歸零後，被詛咒者可能會死亡，也可能不會死。但哪怕不會死，被詛咒者通常都是生不如死。」

我瞇了瞇眼睛，「妳去教堂前，有一對母子意外扯下妳背上的其中兩張Ａ４紙。之後很多人看著妳的背都震驚萬分，甚至驚恐不已。那就意味著，妳背上的Ａ４紙很可能出現了變化，令人驚悚的變化。妳背上的影印紙，究竟變成了什麼？」

元玥的臉陰晴不定，她想像不到究竟是怎樣的判斷力才會在如此少的資訊裡判斷出如此多的訊息來，而且幾乎沒有猜錯。

可接下來，我說的一句話，簡直讓她脆弱的心，崩潰，「所以，元玥小姐。妳到現在，為了活命，究竟間接害死了多少人？」

□

元玥回到家，她從電視中眼睜睜看到自己光顧的教堂在螢幕中倒塌。超詭異的倒塌！畫面應該是由附近一家超市的監視器提供的，只見白天的教堂似乎被一隻無形的大手推動，不停地推。石製教堂的穹頂逐漸移了位，原本穩定的形狀在穹頂變形後，再也沒辦法支撐自身的重量。

最終轟然崩塌。

女孩的腦袋一片空白，她的眼睛看著地方台主持人的紅唇在一張一合，但是卻完全沒在意她在說什麼。她只是愣愣的看著電視中倒塌的教堂正上方。空中似乎有張模糊的臉。人臉！那人臉碩大無比，它的腮幫鼓起，呈吐氣的姿態。

但是似乎並沒有人看得見它。沒人能看到這張臉！

該死，這是怎麼回事？難道正是這張臉吐出的氣，將擁有數百年歷史的沉重教堂吹倒？不可能！這怎麼可能！先不說這張臉有多巨大，單純從科學來解釋，就無法解釋得通。

元玥的大腦很亂，她只想到了一個名詞：風神！

世界各個文明各種傳說中，都有風神的存在。許多神話傳說中的風神，都幾乎只擁有一張臉。那張臉的呼吸，形成了自然界的風。

不過一如鬼不存在一般，所謂的神更是不可能存在。可那張臉是怎麼回事？那是自己的錯覺，還是死亡通告的某種影響？或是說，世界上真的有神？

不！肯定是能夠解釋的，一定能夠解釋。元玥呆呆的看著電視螢幕中新聞結束，她一動也不動，只是覺得刺骨的冷。今天的恐怖的遭遇，讓她快要瘋掉了。

就在這時，她突然想起教堂倒塌前，所有人都驚恐萬分的盯著自己的背。元玥打了個冷顫，緩緩站了起來。最近她一直避免看自己的背，她怕影印紙上不斷減少的數字。

可是在好奇心的驅使下，元玥終究還是來到了房間衣櫃的鏡子前。她沒法不在意那些人的表情，光是用想的，元玥就覺得自己的背上有問題。否則，只是單純的貼著影印紙的話，教堂那些人不可能會怕她。

自己的背上到底有什麼？

她用手摟了摟浴巾，把浴巾從豐滿的胸部往上提了提。鏡子中的她擁有姣好的臉，幾縷青絲濕潤的貼在白皙的臉頰上，伴著表情的不安。

正面看，並沒有任何不妥的地方。

元玥一咬牙，緩緩地轉過身去。

當她看到了背上的那東西時，整個人，都嚇得暈了過去！

「我暈了過去。嚇得要死。」元玥講到這兒，竟然賣了個關子，絕口不提自己的背上令所有人都嚇得夠嗆的東西到底是什麼。

我皺了眉，心想這個女人的心機，可比她故事中對自己的描述深沉得多。為了逼我就範居然找到了我最想要卻遍尋不著的東西。而且還為了引起我的好奇心，讓我更好的配合她，竟還不停的在故事裡挖坑，吊我胃口。

我承認，她的詭計確實已經奏效了。

「夜不語先生，你是怎麼猜到，我為了活命故意害死過人的？」元玥話鋒一轉，終究問出了她很在意的問題。

「很簡單。就我多年的經歷，詛咒有兩種型態。第一，是肉眼能看到，自己能感覺到的。影印紙上，只有妳看得到的倒數計時，這屬於第一種情況。」我眯了眯眼睛：「那對母子扯掉妳背上的影印紙後，妳是不是發覺，倒數計時的時間，變長了？」

元玥頓時臉色慘白，呆若木雞，「連這你都能猜中。」

「不是猜，是經驗。」我淡笑著，眼神卻鋒利起來：「發現倒數計時變長的妳，是不是欣喜若狂，覺得找到了延續生命的方法？」

元玥低下了腦袋：「沒錯。我背上新出現的東西，實在是太可怕了。我想要擺脫它，我不想死。雖然倒數計時結束後，我究竟是不是真的會死，自己也沒辦法確定。但就是這不確定，才會讓人發瘋。」

人類都懼怕未知的東西。沒有人希望知道自己確切的死期。所以常常有看起來十分健康、吃好睡好的傢伙，一旦被確診患有癌症後，都活不長。但最諷刺的是，有一些被醫生判了死刑的所謂癌症患者，最後被確定為誤診。哪怕如此，一個被誤診為癌症末期患者的正常人，也迅速的用內心的恐懼透支了生命，活不過半年。

我見識過太多的人性缺陷，人類是生物，本能就是想活下去，延續後代。一個溫婉可人的女孩，在絕望驚慌過後突然發現了一線生機，那麼她，絕對會做任何事。

「我收到死亡通告足足兩個禮拜。我活了兩個禮拜。影印紙上一開始倒數的時間，是六十萬八百秒。我算過，只有七天而已。但是直到現在，我已經活了十四天。我發現，只要有人扯掉我背上的影印紙，詛咒就會自動延長一天。」元玥的臉看不出是什麼表情。

我端起杯子，習慣性的喝了一口：「意思是，妳至少害死了七個人。」

元玥不置可否：「重要的是，我還活著。為了活下去，骯髒的我不惜使用任何手段。我蠱惑別人，我勾引別人，我不在乎自己究竟有多齷齪。總之，我活下來了。」

女孩輕描淡寫的話中，充滿了求生欲。

我不寒而慄，但是卻又偏偏無法指責她。畢竟面對生存，自己或許也會不擇手段。

我倆再次陷入了沉默中。

自己看著咖啡館外逐漸開始黯淡的街景，思緒萬千。我的守護女李夢月，因為雅心那個該死的組織的陰謀而陷入昏迷，我根本不知道該怎麼救她。我在她昏迷前說著大話，只會說大話。可足足一個月了，我卻仍舊手足無措、毫無頭緒。

如果不是元玥突然的來信，我看到了她在信中留下的那個東西的照片，自己或許就快要崩潰了。

只有失去才知道珍惜。這句老話的作者，不知道經歷了怎樣的刻骨銘心。至少真的看著李夢月睡去、呼吸逐漸減弱的絕麗容顏，看著她躺在夜家她小時候的床上。我無法描述自己到底有多難受。

我要救她。

我只知道我必須要救她，無所不用其極。哪怕是賣掉自己的靈魂。可是我的靈魂能值多少？我引以為傲的，只剩下了自己還算聰明的腦袋。

一如元玥的求生欲望，我需要收集一切能夠讓守護女醒過來的神秘物品。元玥手上的東西，最為關鍵。我勢在必得！

「在妳原本應該結束倒數計時的七天之後，妳身上發生了什麼事？」我覺得咖啡館中的沉默充滿了腐爛的氣息，便將其打破。

元玥嘆了口氣，「我背上的倒數計時，本來只有七天。七天過後，自己驚訝的發現，身上的影印紙全數剝落，通通掉在了地上，一張也沒有剩下。我欣喜若狂，以為我終於擺脫了死亡通告的詛咒。再也不用作踐自己，再也不用故意害死別人了。

「但現實，夜不語先生，但現實，總是愛跟你開玩笑。」元玥揚起腦袋，拚命掩飾住自己要流出來的淚水。

我揉了揉鼻翼：「詛咒變成了第二種形式，惡化了？」

「不錯，確實惡化了。」元玥點點頭：「雖然別人再也看不到我背上的影印紙。但是每一次照鏡子，我還是能在鏡子裡看到倒數計時的數字。就如同時鐘一般，不停的一秒一秒的跳動。我簡直要瘋掉了，那晚我從興奮再次變得絕望，我歇斯底里的砸碎了屋裡的一切。突然，我就想起了一件事。一件我笨得一直都忽略的一件事。」

元玥的臉再次浮現陰影：「根據某定律，一件沒有頭緒的事情發生在你身上，那麼肯定是有原因的。任何有關聯的可能性，都有百分之九十的機率是造成你糟糕現狀的緣由。那一刻，我想到了孫妍。

「那個女孩能認出死亡通告，她告訴了我死亡通告的出處。可為什麼？世界那麼大，為什麼在曼徹斯特的小鎮，一間小公寓的三個住戶身上，居然有兩個人，和死亡通告有所關聯。

「會不會死亡通告，原本就是孫妍傳給我的。我是被她詛咒了？我越想越覺得這極有可能。」

元玥用力咬著漂亮的小細牙，對孫妍的恨意頓時讓小咖啡廳陰森了許多：「果然，被我猜對了。」

元玥懷疑起她的室友，那個清楚的說出「死亡通告」來由的孫妍。就在那時，她才恍然發現，自從接到死亡通告後，自己便再也沒見過這位室友。最可怕的是，就連另一位室友，也不見蹤影。

七天來，這間公寓似乎只有她一個人還在住。

元玥猛地打了個寒顫，她本能的覺得有些不太對勁兒。女孩站起身，小心翼翼的推開門從自己的房間走出去，來到了客廳。

她準備到孫妍的房間裡瞅瞅看。

當她打開室友房門後，一股毛骨悚然的感覺，頓時從腳底爬上了後腦勺。

她嚇呆了！

房間裡瀰漫著一股陰氣，哪怕只是開了一條縫，都會讓人感到刺骨的冷。冷意浸透骨髓，凍得元玥根本無法動彈。

展開一條縫的門，猶如一張怪物的嘴，想要將她連人帶骨頭都吞進去。該死，這是怎麼回事？只不過是普普通通的房間而已，為什麼會令自己如此害怕？

元玥想不通。但就算只用膝蓋思考，女孩也知道孫妍的房間有問題。

曼徹斯特郊外小鎮的屋子通常都不大，仍舊沿用幾百年前的格局，哪怕是現代，依然陳舊得不像是已開發國家。

元玥租的老公寓，說是公寓，其實也是獨門獨戶的一棟足足有四層高的樓。樓的佔地面積不大，位於小鎮的商業街巷子裡，看起來偏僻，也很清靜。

方才也提及，這棟公寓由三個女孩租下。進門第一層，是公用的客廳以及元玥的房間。孫妍的房間和廁所在第二層。第三層住著另一個中國女孩，說起來，那個女孩基本上不露面。一起住了大半年，元玥也只不過見過寥寥數次而已，神秘得很。

四樓，是閣樓，放著雜物打不開。

元玥從來就沒有經過孫妍的房間，從來沒有。她根本想不到只是隔了一層天花板、位於她頭頂正上方的房間，居然如此的陰森可怖。

女孩猶豫了一下，身體的強烈不適感在對她示警。不過元玥沒有聽從身體的警告，她一咬牙，又將門推開了一些。

房間裡安安靜靜，似乎沒有人。黑漆漆的空間中，一切都塗抹著黑洞似的深寒。元玥摸索著在門邊找到電燈開關，按下去。房間燈沒有反應。

女孩皺了皺眉頭。太古怪了。自己莫名其妙的接到了死亡通告，現在想一想，孫妍以及另一個女孩，好像也不太簡單。

在一棟國外的郊區小鎮公寓陸續住進三個女孩，三個都從事著不同的工作，卻和國內都有關係。雖然元玥是華僑，但聽她說過流利中文的人可不會不把她當中國人。所以，三個中國人沒有事先談妥，居然就住到了同個地方，這機率有多大？

難道自己身上的詛咒，真的是孫妍或者另一個女孩帶來的？

可為什麼，偏偏詛咒的是元玥呢？

元玥的腦袋裡一片混亂，她手忙腳亂的掏出手機，打開手電筒的功能。一絲刺眼的光割斷了黑暗，終於，孫妍租住的房間風景，完整的呈現在了她的眼前。

女孩的眼前一亮，之後忍不住倒吸了口涼氣。
這個房間，到底是怎麼回事？

第五章 邪惡房間

房間。自從人類創造出「房間」這個詞開始，就不停地賦予它各式各樣的意義。但總的來說，它只是一種可以利用的空間，用來住人，極為私人。

每個人的房間都因為入住者的不同而隱藏著各自的秘密。

孫妍的房間也同樣如此，但她隱藏的秘密，也實在太大了。大到元玥根本無法承受。在自己的腦袋上住了半年的同居者，那個叫孫妍的女孩，元玥發現她不但不瞭解，而且比想像中更可怕。

這個女孩不只在她的頭頂撒尿拉屎吃東西，恐怕，還在做別的勾當。

整個房間，一丁點都沒有女孩子應該有的擺設。手電筒的照明下，不大的內部空間反射著青色的光，詭異無比。房間裡甚至都沒有床。

大約四、五坪的地方，密密麻麻的貼著許多剪報，是從中文報紙上剪下來的。元玥猛地向後退了兩步，因為她赫然發現，自己早年發在社交網路上的照片，竟然被貼在了剪報牆的最右邊。

剪報已經泛黃了，列印著自己照片的紙張同樣因為乾燥捲曲得厲害。看起來這張照片已經很有些年頭。孫妍，早在搬進這棟樓之前，就在研究著她。元玥打了個冷顫。

孫妍研究自己幹嘛？她又不是什麼名人，不過是個普通華僑罷了。

孫妍，究竟是怎麼注意起她？還特意搬過來和她住在一起？

但這一刻，元玥哪裡還不清楚，死亡通告的詛咒肯定是和這個孫妍有關。但是，孫妍為什麼要詛咒她？詛咒自己，是為了什麼目的？

這讓元玥更加不解起來，她想破腦袋也搞不懂，孫妍和自己究竟有什麼深仇大恨，值得費盡心思來詛咒她。

元玥心裡直打鼓，她走進了房間。

只聽「吱呀」一聲，房門竟然自動合攏了。女孩大吃一驚，正準備回身將門打開。就在這時，她整個人都往後跳了幾下。

房間門！原本普通的門早已經變了模樣。只見淺色的木板被孫妍不知用什麼顏料塗成了黑色，門上密密麻麻的釘著鉚釘。每一顆鉚釘只釘入門中一半，另一半敲彎，牢牢地捆著手指粗的鐵鍊。

一共九根鐵鍊，而圍繞門，牆壁上也有同樣彎曲成拱形的鉚釘。靠牆的一邊鐵鍊仍舊死死的掛在鉚釘上，但是開口的位置，鎖鍊被取了下來。

元玥臉色煞白，那個孫妍太怪異了。九根鐵鍊明顯是能夠將門捆住的。難道孫妍只要回房間，就會把門捆上？她將門用如此粗的鐵鍊捆住幹嘛？是害怕什麼東西闖進來？

一起住了大半年，元玥只覺得孫妍作為樓上住戶很稱職很安靜。現在想想，這個傢伙確實是安靜得過分了。

女孩不太敢細看鐵鍊。因為會捆著門的鐵鍊悚人得很，光是用眼睛接觸都會通體發寒。越看，元玥越覺得有什麼東西會突然衝破鐵鍊牢牢鎖住的門，衝進來。

她搖晃了幾下腦袋，暫時擱下內心的恐懼。她一步一步朝著小空間的深處走去。猶如鬧鬼般的青色房間中，飄蕩著一股說不出的臭味。元玥用手機的光到處晃，可是這個房間並不大，很快，她就看了個遍。

房間內除了空曠，沒有床、椅子……等起居擺設，卻在正中央擺著一口棺材板大小的、黑漆漆的、古舊的箱子。

長方形的箱子高約兩公尺，寬五十公分，就豎立在房間中心點。

這也許是房間中唯一的傢俱了。

元玥看著箱子，看得頭皮發麻。櫃子表面的黑漆斑駁難看，箱體上還留有許多長方形的痕跡，密密麻麻，彷彿曾經貼過大量的紙。不過那些紙不知出於什麼原因，被扯了下來。

箱子有門。左右對開的門。門中心用刀刻著一個古文。連看繁體字都吃力的元玥自然不可能看懂。

元玥又驚又怕，她用力嚥下一口唾沫，她覺得要解開自己身上的詛咒，那麼首先就應該瞭解孫妍。「死亡通告」的詛咒，絕對是孫妍弄出來的。而孫妍的房間就只有這麼一個物件，她的行李，肯定在箱子裡。

打開箱子，弄清楚孫妍到底是誰！

女孩緊張的伸出手，用莫大的毅力想要打開箱櫃門。但是身體的反應卻異常吃力，似乎從手指到皮膚、甚至毛孔都不願意和這個箱子扯上任何關係，更別說接觸。

越是靠近箱子，她手上的寒毛越是如同被電擊般高高聳立。人類始終是動物，動物天生就有避凶的本能。這口箱子，對人類而言，絕對有巨大的未知威脅。

元玥壓抑下本能。

她的手終於接觸到了箱體。意外的是，這口箱子居然不冷，反而溫暖得像是帶著體溫的皮膚。元玥嚇了一大跳，如觸電般的將手縮了回來。

明明是木質的老箱子，怎麼摸起來卻像個猶帶溫度的人皮呢？

元玥嚇得不輕。可她不死心，再一次伸出手去。就在她鐵著心忍住毛骨悚然的感覺要把箱子門打開的一瞬間。

門外，突然傳來了敲門聲。

不，與其說是敲門聲，不如說是撞門！

明明沒有上樓梯的聲音，是誰來了。肯定不是房間的主人孫妍。哪有主人回自己家不掏鑰匙反而撞門的。

可門外，是什麼？

不。應該說，撞門的，是不是……

人！

元玥被那撞門聲嚇得呆在原地，一動也不敢動。門外的東西，絕對不可能是人類，女孩甚至無法判斷，那東西是從哪裡突然冒出來的。

公寓的樓梯很狹窄，又是有些年頭的木製品，哪怕是光腳走上去，哪怕儘量小心翼翼，但是在這安靜的空間內，也會發出刺耳的「咯吱咯吱」的聲響。

可是明明二樓就沒有人，更沒有誰上樓或下樓。這一點元玥很確定。會不會是三樓的女孩一直躲在二樓的廁所中？

不！也不對。

元玥用麻木的腦袋想個不停。而外邊，剛開始還比較溫柔的撞門聲變得越來越激烈了，外邊的東西急切的想要破門而入。

最可怕的是，如果是人類的話，想要以如此劇烈的速度撞門，肯定需要一定的助跑距離。但門外，除了撞門聲，元玥根本就聽不到腳步聲。就彷彿撞門的那玩意兒，是飄浮在空中似的，悚人得很。

門被撞得晃動不停，門背後的鐵鍊也在不斷地發出清脆噪音。

元玥能感到外邊那東西的憤怒。女孩顫抖了一下，冷汗不停地從臉頰上滑落。不能再在這裡站著乾等。如果真讓那不知道是什麼的東西撞開門衝了進來，自己或許真的會有危險。

她吃力的邁開腳，小心翼翼的不發出任何聲音，朝那扇門靠了過去。門板已經開始變形，但並沒有破。靠近後元玥才發現，為什麼孫妍房間裡的門背後呈現青色。因為門板，居然被她釘上了一層薄薄的青銅。

就因為這層金屬，薄門變得非常耐撞。

難道孫妍，早就知道有東西會撞她的門？這個女人，究竟還隱藏了多少秘密？

元玥打著冷顫。門外的東西，撞門撞得更凶了。門板已經破爛斑駁，一片片的木板掉到了地上。幸好還有那層青銅支撐著。女孩再次有了發現，她在腦袋高的門上，找到一個不起眼的小孔。

藉著小孔，剛好能瞅向門外。

元玥猶豫了一下，最終好奇心佔了上風。她輕咬嘴唇，將右眼湊到了小孔前。

門外，走廊燈很昏暗。房門左側是廁所，房門正前方是走廊和樓梯。可房間門外，什麼也沒有。

怪了，撞門的那東西，究竟哪兒去了？

說時遲那時快，正在元玥不解的時候，門，又被狠狠地撞了一下。

元玥睜大了眼睛，她明明什麼都看不到，但是門卻震動得厲害，彷彿隨時都會散架般。門上的鎖鍊在震動中發出乾癟的響聲，令人更加煩躁。

門外的看不見的東西，似乎知道裡邊有人存在。女孩一聲不吭，就那麼一動都不敢動。誰知道那鬼東西發現自己後，會把她怎麼樣。

看不見的玩意兒，永遠是最令人恐懼的。

那恐怖撞擊一直持續了好幾分鐘才停止。直到感覺沒有異樣後，元玥一分鐘都不願再在這個鬧鬼的房間待下去。她鼓足勇氣，悄悄地拉開門。

門板早已經碎了大半，屋外靜悄悄的，如同空氣也一併死掉了。女孩緊張到就連吞口水都極為困難，她一步一步，小心的走出房間，想要下樓回自己房裡。

可就在她的腳尖剛接觸到樓梯的一瞬間，元玥拚命的轉身又朝孫妍的房間逃去。不對，整間屋子都不對。一股無形的陰森籠罩在樓梯下方，一如陷阱，只要她踏上去，就會陷入不可知的境地。元玥的每一個毛孔都在告訴她危險，女人的第六感救了她一命。

一股無形的風氣憤的吹了上來，將樓梯台階一階階掀起，之後重重的落到底樓。

那無形的怪物追趕著元玥，一直追到了孫妍的房門口。

元玥用盡所有力氣，將門死死的關閉。然後又手忙腳亂的將門上詭異的鎖鍊牢牢扣好。眨眼間，不過半秒鐘之後，屋外的東西便劇烈的撞到了門上。

剩餘的門板全掉了下來，發出淒厲的破裂聲。

裡面的薄薄青銅看來也撐不了多久。隨著外界那怪物的碰撞，可怕的碰撞聲迴盪著，伴隨青銅的凹陷以及鎖鍊的繃直，元玥越發的害怕起來。

她的視線在房間裡不斷掃視，想要找一個能夠躲藏的地方。最終，女孩的雙眼凝固在房中央如棺材板的箱子上。

顧不得箱子是不是有古怪，元玥迅速跑過去，拉開箱門，逃了進去。

就在那一瞬，門的青銅連同金屬鐵鍊一同崩潰。無形的怪物，衝進了房間。

屏聲靜氣待在無盡黑暗中的元玥側耳傾聽外界的聲音。可自從門破後，耳朵就什麼也接收不到了。不過是隔著薄薄的木櫃門，可偏偏這層薄板，不光隔絕了光線，還隔絕了聲音。

女孩越來越覺得這個櫃子有些不太對勁兒。她猜測光線透不出去，於是掏出手機，將螢幕點亮。

元玥抬頭剛看清箱子裡的景象，這可憐的傢伙，頓時便不知道被第幾次的嚇懵了。櫃子的空間狹小。箱子內部的木板上佈滿了抓痕，這抓痕，分明是人用指甲抓上去的。

究竟那人要有多痛苦絕望，才會如此用力的抓櫃壁？元玥無法想像。更令她害怕的是，抓痕的縫隙裡，甚至有血跡。噴濺的血跡明顯是被人擦過，但是生生抓掉的木頭縫隙中的血跡，卻擦拭不了，竟浸洶進了木質中。

死在櫃子裡的絕不止一個人，古舊的箱子，在數百年的歷史中，到底是拿來幹什麼用的？

元玥感到刺骨的冷。突然，右側臉頰碰著了某種陰寒刺骨的物體，那物體從箱子頂部垂吊下來，不斷磨蹭著她的臉。

女孩猛地打了個寒顫，畏畏縮縮的抬頭望去。只見一根手指粗細的麻繩兀自在臉旁搖晃，如同一隻有生命的生物，捲曲著，不規則的動彈不歇。麻繩打了個活結，彷彿隨時都會套住元玥的腦袋。

麻繩已經被血染成了深黑色，散發著腐朽的惡臭。它活像蚯蚓，居然真的循著元玥的頭找了過來。

元玥嚇得想要尖叫，但是立刻捂住了嘴，拚命捂住。櫃子外那看不見的怪物並未離去，尖叫只會令她暴露位置。

可櫃子內也不太平，女孩感覺到絕望。

固定在箱子頂上的套頸麻繩扭來扭去，不斷地尋找元玥的腦袋。被套中絕對會沒命。可是偏偏她又無法逃出去。上天無路下地無門之下，元玥快瘋了。

她伸出手，想要將那根麻繩撥開。說時遲那時快，麻繩竟如同蟒蛇似的，立刻就纏在了元玥的手臂上。

元玥手忙腳亂的拽著自己的手，試圖收回來。一用力，屁股下方的木板居然鬆動了，露出一絲縫隙。

這口棺材般的箱子下邊，居然還有個暗門？

黑漆漆的縫隙像是通往未知世界的裂口，可實在是沒有別的辦法了。女孩將手探入縫隙中摸索了一下。裂縫不是太深，大約只有一公尺左右。她將手探到地，竟然摸到了一只打火機。

元玥大喜，立刻將打火機點燃，朝箱子中央的麻繩燒去。

詭異的麻繩頓時發出一聲淒厲的慘叫，驚悚無比的慘叫聲攝人心魂，尖叫聲迴盪在櫃子裡，震耳欲聾，元玥嚇得靈魂都要出竅了

幸好終於將手抽了回來。

箱子內部發出的聲音，終究還是傳到了外界。短暫的寂靜之後，箱櫃被猛地撞擊起來。

元玥大驚失色，連忙將腳底的暗板抽開，溜進了暗隔裡。

這口不知道有多久歷史的恐怖櫃子比看起來的結實許多，外邊的無形怪物撞在箱體上，只是引得箱子發出無數憤怒的慘叫。無形怪物和箱子，猶如兩隻未知生物，恐怖而又荒唐，對峙之下誰也奈何不了誰。

最終撞擊慢慢的轉緩，箱子門也被撞開了。但無形怪物沒有找到躲藏起來的元玥，一如它來時一般，再次的無聲離去。

元玥花了吃奶的力氣才從暗隔中爬出來，鑽出了箱子。很快她就慶幸自己的幸運，因為當她的腳踝剛一離開箱體時，箱子門彷彿閉攏嘴的鱷魚，「啪」的一聲，箱門牢牢的關上了。

女孩的冷汗從額頭上不停地往外冒。她不敢想像如果自己沒及時爬出來會變得怎樣。這麼牢固的箱子，而且似乎像是生物一般有著自己的意志。她沒爬出來，會不會受困在箱子中，如同幾百年來那麼許多被關進箱子的人？

絕望的抓撓箱牆，被箱中的活套勒住脖子死去？

元玥的腦袋越發的亂了。自己接到的死亡通告，她已經非常確定是孫妍的詛咒了。而孫妍的房間也實在有太多難以用科學解釋的物件。

那個撞擊門的無形怪物是啥？這口神秘的箱子又是什麼？孫妍，究竟有什麼目的？還有，她，去了哪裡？

一切的一切，全都瀰漫著陰謀的味道。事出肯定有因，女孩顫顫抖抖的出了房門，卻找不到絲毫頭緒。她摸了摸一頭冷汗的腦袋，突然發覺一個硬邦邦的物體頂在了腦袋上。

是救了她一命的打火機。

這個打火機現在還被她牢牢的拽在手裡。

金屬機身的打火機不便宜，ZIP 牌的。甚至還在底部刻著一行字，中文字。

「送給我最親愛的，榮春。」

元玥猛地打了個冷顫。榮春？那不就是住在三樓的女孩嗎？

她抬起頭，朝通往三樓的樓梯望去。

猶豫了片刻後，元玥抬起腿，準備上三樓繼續看看。死亡陰影籠罩著她，元玥早已經沒有了退路！

第六章 陣陣陰風

「等一等。」當元玥講到這兒時，我突然出聲打斷了她。

我皺著眉，手指不停地敲擊在桌面上。元玥收聲，不解的望著我。

「怎麼了？」

她問。

我本想要說些什麼，但是最終絕口不提，搖著腦袋擺擺手，示意她繼續講下去。只不過臉上古怪的神色，變得更加疑竇重重。

元玥這個美女確實早已被磨礪得內心沉穩，她見我不動聲色說了半截話，也沒多問。她的眼神裡撲朔著迷離與恐懼的色彩，好聽軟糯的語調頓時又瀰漫進我的耳畔。

「我小心翼翼的上了三樓……」

元玥為了解開自己身上名為「死亡通告」的詛咒，在發現了樓上孫妍房間裡驚人的秘密後。對住在三樓的那個叫榮春的女孩也起了疑心。

為什麼榮春的打火機，會出現在孫妍房間正中央的詭異箱子中？孫妍和榮春，兩人幾乎沒交集。

不！

元玥猛然間發現，孫妍和榮春似乎並非沒有交集。雖然半年來，她從來沒有見過兩人說話。但是，她卻隱約覺得，兩人之間似乎有淡淡的敵意。

兩個互不來往的人，為什麼會有敵意？難道兩人，在搬來之前就已經認識了？

元玥越想越覺得極有可能。

孫妍和榮春之間不只有敵意，而且兩人還刻意的躲著對方。

元玥仔細回憶著，她的頭腦有生以來第一次如此靈敏。她想起半年前，榮春和孫妍一前一後搬入自己的公寓時。三個人同處一個屋簷下，但詭異的是，孫妍和榮春都刻意的跟她交好。但是她們兩個卻幾乎從不來往。

這已經不是能用單純的性格不合來解釋了。

唯一的可能，就是兩人都知道對方的底細。兩人，都對她有某種目的。

該死。如此一想，死亡詛咒這事，榮春也有不小的嫌疑。這個世界那麼大，為什麼兩個古怪的死女人偏偏找上自己。她招誰惹誰了？

元玥的心一涼到底，她爬上不高的台階，來到了三樓。榮春的房間門虛掩著。女孩嚥下緊張的口水，用力敲了敲。

沒人應門。

她手哆嗦著，一把將門推開。

房門在枯燥的響聲中，「啪」的一聲撞到了牆壁上。

元玥瞪大眼睛，打開燈。她的心臟「怦怦」跳個不停。孫妍的房間已經夠可怕了，那同樣可疑的榮春房裡，又會有什麼恐怖的東西？元玥不敢想像。

但是事情永遠都超出人的揣測。

榮春的房間很清爽，白色的桌椅，整潔的床。乾乾淨淨的窗簾將小窗戶遮掩得嚴嚴實實。書架上擺著幾本心靈雞湯類的書，狹窄的空間錯落有致，富有情趣。

一看就是很普通的女孩房間而已。

元玥忐忑的心放下了，卻不由得又有一些摸不著頭緒。榮春，真的只是個普通留學生嗎？想到這兒，元玥才發現。自己對這兩個同住屋簷下的女孩，是有多麼的不瞭解。除了名字外，就連她們是不是留學生的身分，也都只是她們自己說的。

女孩拖著疲倦的身體，走也不是留也不是。最終，元玥在準備離開前，發現了一個疑點。這棟公寓的三樓，由於種種原因，根本就沒有窗戶。

那床邊上的窗簾是怎麼回事？

元玥停住了腳步，眼睛一眨不眨的看著那被外界的風吹得擺動不停的窗簾。清爽的窗簾上，粉色印花順風晃著。但是作為老住戶，元玥清楚得很。窗簾後邊只會是結實的牆。

到底有什麼東西，躲在窗簾之後？

一股刺骨的冷意，從腳底爬上了元玥的背。她寒毛直豎，忍不住的感到恐懼。

一公尺長，五十公分寬的窗簾，不可能躲得了人。而榮春，為什麼要在沒有窗戶的房間裡掛窗簾呢？

今天的可怕經歷讓元玥勇氣消耗殆盡。她強壓著嚇到軟的腿，偷偷的向後退了好幾步，想要悄無聲息的從榮春的房間逃出去。

可是元玥剛一邁動腳步，窗簾後邊的東西似乎已經聽到了聲音，發出怪異的嘶吼，拚命掙扎著想要出來。

窗簾，瘋狂的搖晃。

元玥尖叫一聲，拔腿就要逃。可是理智讓她跑到樓梯口時，停了下來。

耳朵裡，那怪物的嘶吼不像是嘶吼，更像是女性的痛苦呻吟。呻吟聲難受無比，彷彿隨時都會斷氣。元玥打了個寒顫。

刺耳的呻吟聲迴盪在狹小的房間中，當呻吟傳遞入元玥耳道裡時，她全身每一個毛孔都在痛。

元玥將窗簾扯開，頓時倒吸了一口冷氣。

只見一個骷髏般的人，以詭異的姿勢，鑲入木質的牆壁中。那個人真的是個骷髏，恐怖到難以形容。它從脖子以下的每一寸，都被啃食得乾乾淨淨。暗淡粉紅的骨架上，還吊著幾縷沒有啃乾淨的肉條，破布般，兀自在空中晃動。

元玥被嚇得不輕，她臉色煞白的不停退後。一個骷髏，怎麼可能還會發出聲音。

這到底是什麼怪物？而且看起來，這個骷髏不久前才被啃成這淒慘模樣的。

突然，那個鑲嵌在牆壁裡的骷髏動彈了幾下，腦袋吃力的抬了起來。

「元玥，妳有危險。」骷髏一邊呻吟，一邊痛苦的吐出這幾個字。

骷髏的臉還算完好，讓元玥能辨識出模樣。居然正是住在三樓的女孩榮春。

「榮春，妳怎麼變成了這副模樣？誰把妳弄成這樣的？」元玥大驚失色。她想像不出一個人被啃掉了所有器官和血肉，只剩下了腦袋，居然還能活著。這已經超出了人類的極限，甚至已經超越了生物基本法則。

這榮春，真的是人類？

「我還活著，是因為我肚子裡的東西。」榮春的喉嚨只剩下了一半，艱難的說著：「將它拿走，去風嶺鎮。否則，妳活不了多久。」

「風嶺鎮？」元玥腦袋更亂了。

「快。她快回來了。」榮春瞪著眼睛，催促道。骷髏架子在她的焦急中，彷彿隨時都會散架。

元玥在這一連串的詭異中，早已失去了思考能力。她手忙腳亂的按照榮春的話，伸出手，找到榮春卡在胸腔骨架中的盒子。在抽出來的瞬間，榮春瞪大的眼，凝固了生命。就像盒子一直在為她續命般，盒子拿走，人也死了。

女孩呆滯的手捧盒子，完全不知道下一步該怎麼辦。

就在這時，樓下傳來了上樓聲。一聲一聲，一步一步，極為熟悉。是孫妍的腳步。這個可怕又神秘的女人，回家了。

她的腳步在二樓停了停，之後便徑直向三樓走來。

元玥慌了，她抱著懷裡的盒子，逃也似的輕手輕腳的溜到了閣樓……

□

「我從閣樓的天窗爬出去，逃了出來。之後打開榮春胸腔骨架中找到的盒子，之後便找到了你。」元玥喝了一口茶，漂亮的眼睛盯著我：「盒子中有一些關於夜不語先生的資料。那件東西，對夜不語先生而言，很重要，對吧？那東西，究竟是什麼？我之後又想了很多。一個能吊著人的命不死，哪怕那個人變成了沒有器官血肉，如骷髏的怪物。這東西，可真不得了啊。」

我啞然，什麼話也沒說。當她講到這裡時，自己哪裡還不清楚她是怎麼得到那東西的。真是棘手，看來想要將那東西拿回來，恐怕沒那麼容易。

「妳想讓我做什麼？」我皺了皺眉，淡淡問。

元玥輕聲道：「幫我！幫我活下來。」

「怎麼幫？」我不置可否。

「你看看這個。一樣是在那盒子裡找到的資料。」元玥將一疊影印的資料遞到了我跟前。

我無奈的翻看起來。可才看沒多久，我整個人都站了起來。

資料裡，提到的是風嶺鎮上一個女高中生的故事。不，嚴格來說，是借由一個女高中生的視角，娓娓道來的令人全身發寒的罪惡。

一如之前常常提到的，許多道德文明的常識在小城市根本行不通。小城市的冷冰冰猶如南極的萬年寒凍，充斥著難以理解的陰寒。最可怕的是，身處小城市中的人，並不會感覺到。而外來者，也總是覺得小城市比大城市更有人情味。

通常只有被傷害者，才會理解小城市刺骨的痛。

嚴巧巧就是這樣一個，被小城市的沉重傷害得最為痛苦的人。她的痛無處說，她的苦無法割斷，甚至還在不停地滋長蔓延。在小城市的陰森中不斷放大。

一切，都要從三年前的那一天，說起。

那時，風嶺鎮上還未出現死亡通告。一如全國所有寧和恬靜的小鎮一樣，所有人都過著似水流年的平淡生活。

可那該死的那一天，改變了嚴巧巧的一輩子。或許，也改變了風嶺鎮上所有人的命運。

嚴巧巧讀高三，她不漂亮也不醜。不善於交際，但在班上也有幾個要好的朋友。

她喜歡讀書，大部分的時候，她總是安安靜靜的坐在教室的右側角落，用課本搭個牆，阻擋住講台上老師的視線，開心的讀著自己愛看的小說。

那天的那本書實在是太好看了，一不小心看得太入神，就連下課鈴聲響起，女孩都沒有察覺。

「妳在看什麼？」突然，後座一個男生將手伸過來，一把將書扯了過去。

「快還給我。」嚴巧巧有些臉紅，那個叫盧亮的男生是體育股長，自己暗戀了他很久。但女孩覺得自己實在是太普通了，自卑得根本不敢跟帥氣的他表白。

很平庸的橋段，對吧？

盧亮站起身，想要看書的封面：「我看看嘛，又不會少塊肉。」

嚴巧巧更急了，這本書有些特別，作為高中生的她實在不願意被同學發現。特別是盧亮。但是她實在太矮小，爭不過人高馬大的體育股長。

盧亮終於還是看到了封面，人一怔，有些臉紅的將書遠遠地扔了出去。之後什麼也沒說就急忙溜掉了。

女孩作賊心虛的趕忙將書給撿了回來，藏到書包中。她內心無比忐忑，害怕盧亮將這件事告訴老師。

但是盧亮並沒有告狀。相反的，在當天下午放學時，嚴巧巧竟然在抽屜裡發現了一張紙條。紙條上用歪歪扭扭一看就是男生的字寫著，「巧巧，請到體育館後巷，不見不散。」

落款正是盧亮。

嚴巧巧頓時覺得自己的腦袋有些發暈。難道是自己被言情之神擊中了？言情小說中的劇情總是有這麼一個老套的令所有女孩百看不厭的橋段：平凡女生因為暴露了某個秘密，被暗戀對象告白。

天哪！絕對是魯蛇女逆襲的前兆。

女孩抱著紙條不斷傻笑。她掏出小鏡子梳了梳頭髮，撫了撫自己的眼鏡，覺得儀容OK後，這才樂呵呵的按照紙條的約定，到了體育館後巷。

每個學校都有體育館，但是不知為何，就如同每個學校幾乎都是修建在墳墓和廢棄醫院一般。所有學校體育館的後巷，都是骯髒不堪，充滿著污穢的地方。

就是這種地方，因為它的隱蔽性，反而成就了有好感的其中一方告白的場所。告白也只有兩個結局：一是欣喜；二是被拒絕。

嚴巧巧揹著書包，一路小跑著哼著歌，滿腦子幻想著如果被盧亮告白了，要不要和小說中那些傲嬌的女主角般，先冷豔，之後再勉為其難的答應可以試著交往。

就這樣，她越想越害羞，越羞澀走得越慢。

四百多公尺的跑道上，空曠的氣流在流動，充斥著無數席捲灰塵的風。風將女孩的裙子掀起，她壓了壓裙角。不知為何，今天操場的風有些邪門，撕扯著她，不想讓她前進。

嚴巧巧突然打了個寒噤。但是最終，她還是走到了後巷中。狹長的後巷，看不見陽光。斜陽已落，巷子裡只剩下灰敗。一個男生背對著她，安安靜靜站著，不知道在想些什麼。

嚴巧巧一步一步，從堵塞著大量垃圾的地面走過，懷揣小鹿亂撞的心，靠近了暗戀已久的男生。

盧亮聽到她的腳步，緩緩轉過頭來！

「嚴巧巧，妳來了。」他的臉在陰影中，看不清表情。但是嚴巧巧心臟突然一頓，這語調，可不像是準備表白。

女孩有些害怕了，但是面對心儀的男生，她又有點猶豫，不知道該不該先溜掉。事實總是證明，該你的跑不掉，有些遭遇只要一秒鐘的猶豫，就能改變你的一生。

「那本書，妳藏在書包裡了，對吧？」盧亮向前走了幾步，聲音嚴肅。

嚴巧巧不由得後退。她明白了，天上果然不會平白掉好運，就算要掉，掉下來的也只是會砸破腦袋的石頭。這個盧亮的行為好詭異，他究竟要幹嘛？

「妳走不掉的。把書給我！」盧亮攤開手。

女孩抱著書包用力搖腦袋，那本書羞死人了，怎麼能再讓他看到。

「哼，這由不得妳！」盧亮輕輕一揚下巴。突然，嚴巧巧的雙手和胳膊就被人給牢牢抓住。

女孩慌亂的轉過身，發現不知何時，巷子的出口被同班的兩個同學堵了起來。一男一女。女的是班花陸曼，男的是胖子鄭寬。這兩個傢伙抓自己抓得很緊，陸曼甚至一邊用力踢她的腳，一邊笑個不停。

「盧亮，這個戴眼鏡的醜逼似乎一直都暗戀你喔。我看到她瞅見紙條的模樣，簡直笑得臉上的麻子都冒出來了。」陸曼咯咯笑個不停。

嚴巧巧又憤怒又害羞，她想要找一個地洞鑽進去。

盧亮拽過她的書包，將裡邊所有的書都倒在地上。用腳尖挑揀了一下，笑嘻嘻的將嚴巧巧的小說找出來。

「你們看看，嘖嘖。居然真有人看這種書。」盧亮將書的封面露出，只見封面上龍飛鳳舞的畫著兩個沒有穿衣服的男人依偎在一起，眉眼間全是媚態。

陸曼放開手，將嚴巧巧往巷子深處踢去：「這是傳說中的耽美小說喔。嚴醜逼的口味真重。」

胖子鄭寬笑呵呵的附和著：「我老早就看嚴巧巧有問題了，果然她有精神病，居然偷看噁心的耽美小說。」

嚴巧巧張了張嘴，剛想申辯，但話到嘴邊卻什麼也說不出來。在學校這個小社會中，學生們還沒有成熟到能夠掩飾自己所有的行為。所以所有不同尋常的舉動，都會

變成被別人欺負的引子。

校園霸凌從來都開始於施暴者發現了被施暴者與自己不同。

「嚴醜逼肯定是精神有問題。你看，盧亮，你看，她看你的眼神，口水都要流出來了。嘻嘻。」陸曼一把拽住了嚴巧巧的頭髮，使勁兒的提了提：「你看，你看，盧亮。她真的喜歡你耶。」

「噁心死了。」盧亮偏偏嘴，用書在手掌上敲了敲：「妳知道嗎，妳真的很噁心。嚴巧巧，妳有病，妳知道嗎？」

「看耽美又怎麼了？我、我又沒有錯。」嚴巧巧微弱的反駁道。

「看耽美還沒病，我媽說，你們這種人最噁心了。」盧亮的臉扭曲了起來：「妳怎麼不去死。」

嚴巧巧打了個冷顫。原本陽光帥氣的體育股長，現在猶如一隻惡鬼。她完全搞不清楚現在到底是啥狀況。她喜歡看什麼，原本就是自己的愛好，關盧亮什麼事。為什麼這傢伙一定要站在道德的制高點高高在上的審判自己。

還一口一個噁心。他到底認為他是誰？

嚴巧巧覺得自己從前實在是傻得發蠢，怎麼會喜歡這麼個傢伙。她對盧亮的好感蕩然無存，她現在只想離開。

但巷子中的三個人卻絲毫沒有放她離開的打算。

「妳敢走出去一步，我就去報告老師。這種禁書都敢帶到學校裡看，嘻嘻，老師肯定會找妳父母談心的。」陸曼笑嘻嘻的說著威脅的話，漂亮的臉蛋在潮濕的陰暗中顯得極為陰森。

胖子鄭寬牢牢堵著巷子出口，沒有挪步。

嚴巧巧低著腦袋，腳步頓了頓，之後咬了咬嘴唇想要從鄭寬身旁鑽出去。

陸曼又發話了，「看來妳倒是不怕父母喔。沒關係，咱們可以到處替妳宣傳宣傳。高三二班的嚴巧巧最喜歡看耽美小說了，她性向不正常喔。哇，該不會是女同吧？你看，你看，小地方就是最喜歡這種話題。明天全小鎮就傳開了。」

「你們到底想怎麼樣？」嚴巧巧實在忍不住了，她確實懦弱、她確實膽小怕事。但並不代表她就非得被人抓住把柄亂拿捏。

小城鎮從來不比大城市。大城市一件稀鬆平常的事情，在小城市就是污穢就是不得了。在這封閉堵塞的小城市裡，人性會在封閉中變得無限放大。看耽美小說在大城市或許算不得什麼，可落到小地方的小學校裡，暴露後簡直就會是一場災難。

「妳不懂的，妳病了。真的，妳病了。」盧亮走上前，伸手，在嚴巧巧的腦袋上摸了摸。女孩只感覺一隻大手湊到頭頂，之後突然傳來一股劇痛。

平時陽光的盧亮用力的拉住了她的一綹頭髮，使勁兒的往下拽。嚴巧巧痛得栽倒在地，眼鏡遠遠地掉了出去。

「有病，就得治療。我們三個，替妳治療吧。」陸曼慢慢走上來，抬起腿，一腳踩在嚴巧巧的腦袋上。

胖子鄭寬笑得很開心，他居然掏出手機拍起來。

盧亮探頭在骯髒的巷子裡到處找了找，不久，便從附近的垃圾堆中找出一隻不知死了多久，早已經腐爛大半，散發著惡臭的老鼠。

「這是藥，把它吞下去，妳的精神病就好了。」他淡淡道。

嚴巧巧被這三個傢伙變態的行為嚇得哭了起來，她使勁兒的咬住嘴巴，死都不願張開。陸曼一屁股坐在她背上，將她的手鎖住，讓她動彈不得。

盧亮掐著她的喉嚨，捏著她的鼻子。

女孩憋不住氣，實在憋不住氣，終於鬆開了嘴巴。頓時，滿口的惡臭和說不出柔軟的噁心觸感充滿她的口腔……

傷痕累累的嚴巧巧，完全不知道自己是怎麼回到家的。她只知道哭，一個勁兒的哭。哭了一整晚。

可這只是噩夢的開始。每天，無論她怎麼逃，盧亮、陸曼和鄭寬三人都會以治病的名義對她施以各種暴力。一如所有校園暴力般，只要開始後，就沒有結束。

嚴巧巧不知道該向誰說，她也不知道自己究竟還能撐多久。甚至她想，要不死了，就一了百了了。

最終，女孩還是去報告了老師和家長。但沒想到，真正的噩夢，來了！

第七章 風中罪惡

盧亮、陸曼和鄭寬被學校記過處分。嚴巧巧的父母氣不過報了警，但是警方以小孩子打鬧為由不受理，讓家長自己去協商解決。可怕的欺凌虐待輕描淡寫的成了校內問題，嚴巧巧受到的痛苦，只不過化為那三個人被各自的父母罵了兩句。

本以為一切都過去的女孩，赫然發現，作為受害者的自己在這件事之後，被整個班級孤立了。

甚至，被整個小鎮孤立了。

班上、學校乃至鎮上，不知何時流傳起關於她的謠言。謠言如同狂風般席捲了小鎮的所有角落。

有人說嚴巧巧是女同，會對女生下毒手。所以學校的女孩子拒絕讓她進女廁所。這嚴巧巧還能忍，她頂多不在學校喝水，回家上廁所。但她不能忍的是，同學甚至老師在她背後指指點點，閒言閒語。

明明她是受害者。可是沒有人同情她。學校認為她的父母將事情鬧大了，弄得小鎮的報刊都刊登了這件事，影響學校的聲譽。

小鎮認為她把整個風嶺鎮的名聲都弄臭了，讓外人覺得風嶺鎮很黑暗，校園霸凌很嚴重。讓遊客都不再過來旅遊。

甚至連嚴巧巧的父母對她都略有微詞。他們聽信了外界的謠言，真的認為自己的女兒性向有問題。

該死的世界。這個社會究竟怎麼了？明明她嚴巧巧是受害者。可欺凌她的施暴者，居然什麼處罰也沒有。甚至也沒有向她道過歉。

為什麼？只是看了一本耽美小說而已。為什麼她的人生就非得糟糕成這樣？

嚴巧巧想不通。她實在撐不下去了，她無法承受社會的歧視眼光；她無法承受所有的好友都刻意躲著她；她難以忍受走在回家的路上，所有路人在她背後指指點點。

不過是看了一本耽美小說罷了，自己這個受害者，卻被惡意對待。哪怕是打開電腦上網，嚴巧巧也只是不停的持續受到傷害。她喜歡的幾個本地論壇，充斥著對她的閒言碎語。

盧亮等人甚至將霸凌她的影片發佈在論壇上。

所有人都樂呵呵的看著，甚至有人罵：「死女同，妳怎麼不被死老鼠噎死？」

沒有人同情她。只有滿滿的惡意評論。這讓她不寒而慄，這個只有十八歲的女孩哪裡承受得住。社會的無情碾壓，小城鎮的冰冷人性，將嚴巧巧摧毀了。

嚴巧巧輟學了。

她搬了張小板凳，站了上去，就在自家公寓的窗戶前。嚴巧巧望著十八層樓的高度發呆。就那麼往下望著、眼睛一眨不眨，看了很久。

其實，她終究還是對這個世界有留戀的。可是，她已經待不下去了。這個小城市，再也沒有她能夠存活的空間。

嚴巧巧抬起腳，閉上眼睛，想要跳下去一了百了。

就在這時，「滴滴滴」的彈窗聲響了起來，房間裡沒有關機的電腦突然彈出了一個視窗。

女孩嚇了一跳，下意識的朝電腦望去。

QQ上，有個陌生人發了條信息給她：「妳真懦弱，這麼簡單就不想活了？」

「我想不想活，關你什麼事？」嚴巧巧氣憤極了：「你知道什麼？你知道我有多痛苦嗎？如果這種事發生在你身上，你也會自殺。我自殺我的，你憑什麼隨意評價我！」

「我才不會為這種事去死，任何情況，我都不會想到死。」陌生人顯然能透過麥克風聽到她的歇斯底里：「輕生、特別是為別人輕生，太不值得了。」

「什麼才值得？我問你，什麼才值得？」嚴巧巧大喊道，她抬到窗外的腿，又往外伸了一大截。

「妳不想報仇嗎？」陌生人繼續寫道：「妳明明什麼錯都沒有。錯的明明是別人。妳不想報仇嗎？加我為好友，我會幫妳讓施暴者付出代價。」

「真的？」嚴巧巧一愣。被欺凌者總是會被自己痛苦的命運折磨到默認接受，反而忘了，結局其實可以反轉：「你真的能幫我？真的能讓我報仇？」

「當然可以。但是有代價！」陌生人這麼說著。

「我可以付出一切。」嚴巧巧咬牙切齒的說，她不漂亮的臉充滿了恨意。她說完後，馬上加了這個陌生人為好友。

電腦的揚聲器中，文字變成了語音。一個好聽的年輕女孩的聲音從喇叭中傳了出來：「我可以讓風幫妳懲罰任何人。那麼，妳準備懲罰誰？」

「陸曼！我要這個賤女人不得好死！」嚴巧巧惡狠狠地道。

擁有好聽聲音的年輕女孩回答了：「可以，我能實現妳的願望。相對的，在她接受到懲罰後。妳必須要替我做一件事，那就是……」

揚聲器裡的聲音像是忌諱著什麼，從語音再次變成了文字。

嚴巧巧看著那行文字，渾身打了個冷顫。哪怕是有自殺決心的她，都被文字中浸泡的森森惡寒而嚇到了。

但最終，對施暴者的恨意佔了絕對的上風。

「我答應。」嚴巧巧握著拳頭，如此對著電腦喊道。電腦中那個神秘女孩頭像滿意的暗了下去。

當晚，小鎮無處不在的風，刮得更加淒厲了。猶如無數惡鬼在天空呼嘯，窺視著世間。

風裡，帶著腥臭。吹到了陸曼的身旁。

晚上十點過，陸曼獨自在附近的公園裡溜達。她找到了一隻剛出生沒多久的漂亮流浪貓，開心的捧在手裡逗弄著。

「小貓好可愛啊。」她漂亮的眼睛彎成了月牙，笑起來時，露出了兩顆可愛的小虎牙。就是如此可愛的女生，卻人不可貌相的喜歡著陰暗潮濕的角落。

不錯。陸曼的喜好和她的性格一樣陰暗潮濕。她喜歡午夜黑漆漆的公園，她喜歡一切黑暗的東西。但最喜歡的，還是看到懦弱的同學在她的欺負下絕望。

她就是這樣一個有著怪癖的人。

手中的小貓「喵喵」的發出柔弱的動聽叫聲。頭頂的月光被烏雲遮蓋住，只從縫隙裡洩露出了幾絲銀輝，照亮著黑暗。

今天的公園，一個人也沒有，哪怕是那些打情罵俏的討厭情侶們。

陸曼逗弄得小貓很開心，一玩就玩到了接近十一點。她看了一眼手機，依依不捨的將小貓放在了地上。

「小貓，我要回去了。媽媽要下班了。所以，再見吧。」陸曼朝地上的小貓揮揮手。

小貓「喵喵」的叫著，顯然不清楚這個逗著牠、餵了牠的女孩想要幹什麼。

是啊，牠永遠都不可能知道了。

陸曼笑咪咪的用左手摸了摸牠的脖子，然後伸出了右手。她用旁邊抓來的一顆石頭，狠狠的砸在小貓的腿上。

小貓痛苦的尖叫了一聲。

「喂，我都說再見了，你為什麼還不走呢？捨不得我？」陸曼依舊笑咪咪的，看著痛得打滾慘叫的小貓。

她的手一下一下，不停的揮動，將小貓的四肢都砸斷了。

「看來你果然捨不得我。沒關係，你就永遠陪著我吧。」說完，陸曼將石頭砸在小貓的腦袋上。痛苦的小貓頓時沒有了聲息。

陸曼樂呵呵的一腳把小貓的屍體踢進草叢裡，輕輕拍了拍雙手的灰塵，準備回家。今天很開心，又是美好的一天啊。

她往前走了幾步，突然不知從哪裡吹來了一陣涼風，冷得她打了好幾個噴嚏。

「怪風。」陸曼揉了揉鼻子想要走出公園。就在這時，一聲若有似無的貓叫聲流入耳中。

那貓叫，極為熟悉。

陸曼轉過頭，卻什麼也沒有看到。

夜晚的公園和白天不一樣，擁擠熱鬧的景象在晚上早已消逝。午夜公園更像是異界般，散發著屍臭味。

陸曼撓了撓頭，繼續往前走。猛然間，貓叫聲又一次出現了。這一次離她近了些。她立刻回頭，仍舊什麼也沒看到。

那叫聲彷彿是從不遠處的亭子發出的。

市政公園裡有許多供人休憩的小亭子，這些亭子總是木質結構，爬滿了綠色的藤蔓或者百里香。百里香的百花早已凋謝，散發出的不是香味，而是臭味。屍臭。

果然亭子裡不只有貓叫，還有屍臭。

陸曼對這種動物的屍臭非常熟悉。她從小就喜歡將小動物殺掉埋起來，故意觀察腐爛的情況。她很愛腐爛的生物。因為腐爛的生物們，就和她家一樣的腐爛不堪。

屍臭對她很有吸引力，特別是，那股屍臭味裡還有另一隻小貓。

「真沒辦法。」陸曼掏出手機看了看，十一點一刻，「還有一點點時間，真沒辦法，我就陪你玩玩吧。」

「小貓，小貓，喵喵喵。」她一邊往亭子走，一邊學貓發出「喵喵」叫聲。貓在亭子看不到的角落裡不停地叫。

風刮得更烈了，無數的風如同怪物的爪子，在天空中橫七豎八的抓出抓痕。亭子上的青藤也被風吹得扭來扭去，張牙舞爪，可怖得很。就著陰森的青綠色射燈，陸曼猛地打了個寒顫。

「怪了，怎麼突然陰冷起來了。喵喵，你在哪裡啊？還在跟我捉迷藏？」她笑咪咪的喊著。在貓叫的角落中，陸曼並沒有找到小貓的蹤影。

她搖了搖腦袋正準備走出亭子，可那隻貓，又從另一側開始叫起來。

不，不是一隻貓，而是一群貓。

圓頂的亭子中，無數的貓叫從輕柔轉為尖叫，撕心裂肺，叫聲慘不忍聞。彷彿一群貓都瀕臨死亡，都憤怒不已。

陸曼嚇了一大跳。她發現亭子中的貓叫聲從四面八方傳過來，頭頂上、樹叢中，圍繞著亭子躲藏著無數綠森森的貓眼。

邪異的貓眼，透出驚悚的光，每一隻都死死的盯著她看。

這絕對不正常！

陸曼尖叫一聲，嚇得拔腿就跑。那些可怕的貓陰魂不散的跟蹤她，直到她跑出了可怕的陰冷公園。當公園外的路燈明亮的照在她身上時，陸曼湧上一股死裡逃生的錯覺。

她大口大口的喘息著粗氣，一排一排冰冷的街燈照亮著街道。

街上，一個人也沒有。

陸曼一刻也不想停留，她渾身發抖的拚命朝回家的路走。街道被街燈拖得很長，今晚的馬路特別的詭異。以往公園裡這一圈有許多冷啖杯[1]，哪怕到了深夜一兩點，也有許多人在這裡熱鬧的吃喝。

可今晚，除了路燈，什麼也沒有。就像全世界所有人都失蹤了，僅剩下她，還在這漫長無邊界的道路上走動。

陸曼越走越害怕，她再也不敢繼續走下去。

於是她撥了媽媽的電話。

「媽媽，妳下班了沒有？」單調的「滴滴」聲之後，電話撥通了。陸曼急促的喊道。

媽媽回答：「下班了，下班了，正要回家了。怎麼了女兒，妳被誰嚇到了？」

「總之今天我有一點怕，妳在哪啊，咱們一起回家。」看著長長的空無一人的午夜街道，陸曼的心臟恐懼得跳個不停，幾乎快要跳出了胸腔。她實在是害怕的厲害。

「好吧，我們在公園路和長街路的十字路口碰頭吧。」媽媽答應了。

陸曼掛斷了電話，甩動已經被不知從哪裡吹來的涼風吹得僵硬的身體跑起來。好不容易跑到了十字路口，她遠遠地看到一個穿著黑色大衣的熟悉身影站在紅綠燈前，正對她笑著。

是媽媽。

1 發源於四川成都的一種街頭餐飲。

陸曼安心了許多，她連忙跑過去，什麼也沒說，只是將腦袋埋進媽媽的懷裡。

媽媽揉了揉她的腦袋，說：「回家吧。抱歉啊，我又工作太晚了。」

「嗯啦，沒關係。」陸曼笑著，笑容裡充滿複雜。

母女倆在這條長街上逐漸遠去，風在呼嘯，街燈將兩人的影子拖得扭曲變了形狀。就在她們快要走到社區門口時，在一處街燈照不到的陰暗角落，陸曼的手機刺耳的響了起來。

「陸曼啊，媽媽已經到十字路口了。怎麼沒有看到妳啊？」電話那邊，傳來的是媽媽的聲音。

頓時，陸曼的心冷到了谷底。這怎麼可能。如果打電話的是媽媽，那麼一直陪著她，至今還挽著她手的，又是誰？

陸曼全身僵直，她一動也不敢動。她使勁兒的驅動脖子上的肌肉，向自己挽著手的那個東西的方向望了過去……

□

根據元玥從榮春胸腔中找到的盒子裡的資料記載，死亡通告這種詛咒，就是從那一天開始傳播的。源頭便是嚴巧巧所在的學校。每一個接到死亡詛咒的學生和老師，最終都沒有好結果。全都經歷了詭異可怕的事件，之後便被發現了屍體。

三年前的風嶺鎮，死亡通告的詛咒不停蔓延。有許多人認為只要將死亡通告傳染給別人，自己就會得救。

這造成了詛咒蔓延的速度更加瘋狂。大量不清楚死亡通告的人，都被矇騙著，扯下了被詛咒者背上的影印紙，最終慘死。

那時候風嶺鎮的人口暴減，許多人往外逃。

之後突然有一天，詛咒如同它來得莫名其妙一樣，也猛然消失得無影無蹤。至於欺負嚴巧巧的陸曼等三人，早已在死亡通告來臨的第一波詛咒中，成了墓碑上刻著的名字。

陸曼轉頭究竟看到了什麼，她看到的東西，為什麼能和死亡通告扯上關係？嚴巧巧和誰在網路上聊天？詛咒的源頭，是和她的復仇有關嗎？

最後最大的疑惑是，究竟是誰收集了這些資料，而且收集得異常完整。甚至有許多不是當事者根本就不清楚的資訊。

跟元玥在英國同居，住在三樓的榮春，是怎麼得到這些資料的？她為什麼會將我一直想得到的那東西與這些資料混在一起？

她到底是誰？

一切的一切，都是謎，讓我頓時頭痛起來。

落地窗外的風嶺鎮，雖然破舊凋零，少有人走動。但卻完全看不出，三年前，曾經發生過如此恐怖的惡性事件。

難道，死亡通告的詛咒，其實並沒有結束？

我將資料看完後，沉默了許久，才說道：「元玥，妳來風嶺鎮，有什麼目的？」

「當然是活命！」元玥不假思索的回答。

我的眼睛抽了抽，搖頭：「妳沒說真話。」

「我想要活下去，為什麼不是真話。」女孩一寸不讓的盯著我看。

我繼續搖頭：「妳沒說真話。」

「這就是真話。」她非常認真。

我嘆了口氣：「再爭論下去也沒意思，等妳真的想告訴我了，再說吧。先來談談這件事。現在看起來不達目的，妳是不會將那東西給我，對吧？」

「沒錯，那東西，我放在一個非常安全的地方。假如我死了，你就永遠也得不到。」元玥說。

「好吧，那我就假設我的目的是保住妳的命，解除妳身上的詛咒。」我思忖了片刻：「妳身上的詛咒，究竟變成了什麼樣？」

元玥環顧了四周一眼，低聲道：「跟我回旅店。我在附近旅店訂了一個房間，在那裡才好告訴你。」

說完，臉罕見的紅了一下。

我點頭，跟著她走出咖啡廳，前往旅店。

風嶺鎮的街道上，風刮得異常的混亂。總令我有一股風雨欲來的錯覺。

希望這，僅僅只是錯覺！

第八章　神秘符號

朱自清寫過一篇〈正義〉，說正義一般是被威權脅迫。在沒有威權的地方，正義的影兒更彎曲了，名位與金錢面前，正義只剩下淡如水的微痕。

其實萬事萬物，都不過如是。

強大的東西必然能夠驅使弱勢的東西。地球的引力足夠強大，所以才能將月球當風箏放。

而詛咒，也同樣如此。

詛咒在最初的時候，都是微弱的。之後總是藉著愚蠢人類的愚蠢恐懼感而被放大。恐懼是原罪，人類在恐懼中慌亂，在恐懼中流露本性。

世上原本沒有詛咒，被詛咒的，只是人心。

「死亡通告」詛咒，源頭在哪兒？元玥或許不知道。但是這個詛咒的變種是什麼？元玥卻比任何人都清楚，因為她完完整整的經歷了這個過程。

直到無可自拔，絕望的找不到救贖自己的辦法。

人在絕望時會怎樣？其實大多數人會放棄等死。但元玥有著強烈的求生欲，她不想死。所以她根據從盒子裡找到的那個物體以及物體附帶的我的聯絡方式，透過我的朋友聯絡上我。

她認為既然我的聯絡方法能夠在盒子裡找到，那麼我肯定能救她。

只不過她肯定不知道，我腦袋也很亂。最近發生了太多事情，自己的守護女也陷入令我絕望的困境。她手裡的東西，是我唯一的曙光。

我不清楚兩個絕望的人碰在一起，背地裡是不是有什麼勢力在牽扯，不過我也不在乎。我甚至不在乎那個東西，為什麼居然會在和元玥同住一樓內的叫做榮春的女人手中。

榮春顯然知道那東西的用法，否則，不會僅剩下腦袋還能存活下去。

那個叫做孫妍的女人，也疑點重重。到底是不是她，將「死亡通告」帶給了元玥？說實話，手裡的資訊太少了，我無法揣測。

現有的資料只總結出了些許東西。

首先，死亡通告是在三年前，從風嶺鎮開始的。相關人員有遭受校園暴力的嚴巧巧，有欺負她的學生盧亮、陸曼和鄭寬。

其中，欺負她的三人已經死掉了。

但是作為一個普通的女高中生，嚴巧巧有什麼能力詛咒別人？

就我這麼多年的古怪經歷帶來的經驗而言，所謂詛咒，從來不是空穴來風。詛咒這個詞聽起來恐怖，但背後總有它的科學道理以及因果關係。

資料中，一個網友對嚴巧巧說，她會替嚴巧巧報仇，而嚴巧巧需要替她做一件事。具體做什麼事，資料裡沒有寫。但是，事物永遠符合等價交換原則。

無論嚴巧巧需要做什麼，她都必須付出與「死亡通告」帶來的恐怖死亡相同的代價。

究竟什麼事，才能和死了如此多的人的詛咒相提並論呢？

我想到這裡，猛地打了個寒顫。自己無法想像，實在無法想像。但是三年前偃旗息鼓的詛咒，現在又死灰復燃，出現在元玥身上，絕非偶然。

其中，必然有它的因果關聯。只是這關聯，我暫時沒有發現。只要找到三年前風嶺鎮上流行的死亡詛咒跟元玥之間的關聯，我就能斬斷元玥身上的詛咒。

不過，第一步始終要先確定，元玥身上的「死亡通告」詛咒，變成了什麼樣！

自己跟著這位英國華僑來到了她下榻的旅店。風嶺鎮實在太小了，旅店也沒有幾家。這一家環境算好一些，但也好不到哪裡去。

位於三樓的房間充滿了陰暗潮濕的霉味，發霉的壁紙甚至已經剝落，斑駁的垂向牆角，那些牆紙上的霉斑噁心得很。

女孩一聲不吭的將房門關上，又拉上了窗簾。我們在這充滿霉臭味的旅店房中大眼瞪小眼，面面相覷。

過了好久，她的臉又是一紅。啥話都不說的脫起了衣服。

我靠！她居然脫起了衣服，速度還不慢，很快便脫得一絲不掛。我說這位英國籍華人也太生猛了，現在的小女生大膽得讓我心臟跳個不停。

元玥將衣服裙子、外套內衣褲全部剝了下來，白生生的滿溢馨香的味道衝擊在慘白的光線下。霉味伴隨著女孩赤裸的幽香，衝得我腦袋又一次發痛起來。

女孩背對著我，突然狡黠的露出苦笑：「那個詛咒，要做某種特定的運動，才能浮現出來。」

我撓了撓頭：「說重點。」

她的臀部有著豐滿的曲線，她再次臉紅了一下，從行李中找了一把蒼蠅拍，輕輕放在床上。

我越來越糊塗了。封閉的房間、裸體的美女，還有一把蒼蠅拍。這算怎麼回事？現在的潮流趨勢也太怪異了。

「打。」元玥羞恥感湧了上來，臉紅到了極點：「打這個地方。」

她左手懷抱著胸口，將右手抽出吃力的指了指屁股的位置：「用蒼蠅拍打，用力。」

好吧，原諒我滿腦袋的黑線。自己在她的再三要求下，終於還是拿起蒼蠅拍，伸出邪惡的手拍了下去。

只見蒼蠅拍拍在這雪白的肉體上，之後留下巴掌大的網狀印記，就在印記中間，一塊拇指大的符號浮現在了皮肉之上。

我的羞澀感頓時轉移了方向，這一看，頓時倒抽了幾口涼氣。

這符號，啥玩意兒？

我一眨不眨的看著元玥臀部上詛咒似的符號。這個符號非常詭異，猶如蟲子將皮下的肉啃咬出來，形成了坑窪不平的血肉隧道。難怪她要我用蒼蠅拍打，只需要痛苦刺激，人類的皮下組織就會充血，血流的速度也會加快。

本來在皮膚之下，臀部脂肪之上的符號痕跡，也會在充血中浮現出來。

符號在人體上有一股難以描述的噁心，歪歪扭扭。頂端是個倒著的三角形，三角形的下尖角一筆拉下去，在符號右側形成了一隻貌似只有三根手指的小手印。

同樣的小手印有三個之多，分佈在符號的中、中下、下方，三個位置。

我掏出手機，眼明手快的朝元玥白皙的臀部照了一張照片。符號隨著皮膚上的鮮紅減退，再次沉入皮肉之下。

看著手機照片中的符號，我久久都沒有說話。

「現在死亡通告的詛咒，變成了這個模樣。」對此，元玥除了恐懼之外，更多的是摸不著頭腦。她迅速穿好衣服後，湊過來看我的手機螢幕，沉默了。原本「死亡通告」的詛咒還屬於有形詛咒，雖然在倒數計時著自己的生命，但是看得見摸得著。

一個人知道自己還有多久會死，是會害怕，是會驚慌，但是沒有皮肉之苦。

但現在的詛咒不同。

符號在自己的肉體裡，看不見摸不著。她能明顯感覺到有符號的那塊血肉有些不太對勁兒，具體哪裡不太對勁兒，也說不上來。可她就是莫名的害怕。比死亡通告的第一階段詛咒時更加的害怕。

她唯一能清楚的是，這個符號是個不定時炸彈，仍舊會要她的命。但是什麼時候會讓她沒命，以什麼方式死亡，卻變成了未知。

人類懼怕未知。元玥現在真真切切的覺得，直接知道自己的死亡時間，或許也算一種直觀的幸福。當所有的一切都變得不清不楚了，那才是真正的煎熬。

「妳什麼時候發現這個符號長在妳屁股上的？」我越看越覺得這符號眼熟。

元玥雙頰發紅，「三天前，洗澡的時候。當時抹了一層沐浴乳，擦到屁股時，居然發現屁股上有塊肉參差不齊的陷了下去。我大吃一驚連忙照鏡子。結果就看到了這東西。」我摸著下巴，「洗澡的熱水能讓血液流速加快，看來這符號果然是和妳身上的血有關。死亡通告的詛咒為什麼會進化成這種神秘符號，妳心裡有底嗎？」

「沒有。」元玥搖著腦袋。

我冷哼了一聲，「妳又在撒謊。」

元玥撇撇嘴唇，「好吧，我確實有些懷疑。當初我發現自己能透過蠱惑別人揭掉自己背上的影印紙來延長倒數計時的時間後，我瘋了般到處求助。長得漂亮有姿色的女孩，總是佔便宜的。許多人心生憐憫幫了我的忙，這個剛才我也提到過了。但是最終，當我背上的詛咒影印紙全都被扯光後……」

她說到這，我頓時心裡一寒。元玥從未提過有多少影印紙貼在她背後，但是從她講的故事中猜測，絕對不低於一百張。一百張，就是一百個人。她至少直接或者間接害死了一百餘人，只為了自己能活下去。

這個女孩的旺盛求生欲，可真不能小覷。

「我起初欣喜若狂，以為徹徹底底的擺脫了詛咒。但沒想到，屁股上卻長出了這麼個怪符號。」元玥看著我：「夜不語先生，我調查過你。你在著名博物學期刊上經常發表論文，而且還寫了許多怪志小說。您知識淵博，或許認識那個符號究竟是什麼。」

我點點頭，「沒錯，我確實知道這個符號代表著什麼。」

「真的？」元玥本來只是恭維而已，沒想到我真知道，頓時大喜。

「這是甲骨文。」我的語氣頓了頓，視線投過旅店的窗戶，望向了破敗的風嶺鎮：

「是漢字中最早形容『風』[2]的文字。」

沒錯，元玥臀部上的符號，確實是甲骨文中代表著風的符號。當自己確定後，只感覺極為荒謬。數千年前的甲骨文，怎麼會刻到元玥的臀部皮下脂肪中？以前自己無聊時，曾根據我多年遇到怪事的經驗，總結過所謂的「詛咒」以及類似詛咒的玩意兒。它們通常都藉由某種因果關係出現在受害者身上。所謂的「詛咒」，每個階段的變化都有理由。

元玥身上發生的事情，也絕不例外。

我摸著下巴，將視線又落在了手機螢幕上。代表「風」的甲骨文，刻印在元玥身上刻印得很完整。她臀部外層皮膚完全沒有受損的跡象，那就是說符號確實是經由內部破壞造成的。

就我所知，暫時還沒有任何儀器能夠做到類似的事情。這也就意味著，「死亡通告」詛咒確實產生了變化。至於變化是好是壞，這個真不太好說。

可這塊代表「風」的甲骨文，和死亡通告又有什麼聯繫嗎？

「妳收到死亡通告那天，孫妍是不是告訴妳，要小心風？」我突然想起了什麼。

元玥一愣，點頭道：「確實如此。雖然至今我還是聽不懂。」

我摸著下巴：「妳的臀部有甲骨文的『風』字，而孫妍如果是詛咒妳的人，為什麼又要多此一舉的提醒妳小心風呢？顯然，風和死亡通告是有關聯的。但關聯在哪裡？」

「不光是孫妍，我的那個神秘網友，也提及過類似『風』的東西。」元玥沉默了一下。

---

2 如圖，元玥背上的圖案，屬於甲骨文，最早關於風的文字。

不知為何，我總覺得身旁滿臉猶豫、表情中滿是絕望的女孩，對我隱瞞了許多東西。但這女孩對我想要得到「那個東西」的急切也清楚得很。所以她根本不怕我跑掉。事實也正是如此，沒有得到那個東西前，我絕對跑不掉。會一直如同橡皮糖般，貼在元玥身旁。

替她解開詛咒，現在看來，是得到「那東西」唯一的途徑了。

天已經黑了下來，沒有吃過晚飯的我們有一搭沒一搭的討論著她身上的詛咒到底是怎樣的存在，順便也盡力理清楚眾多關係者之間的關聯。

不過很可惜，完全沒有進展。

窗外的風嶺鎮，開始陷入夜色。除了昏暗的街燈外，居民屋中的燈火一盞接著一盞熄滅，狂風呼嘯的夜晚，來臨了。

我這才發現兩人都沒有吃晚飯，準備拉著元玥出去找地方吃飯。沒想到女孩拚命的搖著腦袋，她看著黑夜居然渾身抖了幾下，顯然極為害怕：「別出去了，晚上在風嶺鎮不會有飯館開門。吃這個吧。」

她從房間的櫃檯上拿了兩盒泡麵，遞了其中一盒給我。

我皺了皺眉，低頭看錶。才不過七點罷了，風嶺鎮哪怕再小，也不可能所有飯館都這麼早就關門了。可元玥說什麼也不願離開房內，她堅持只吃泡麵。我也不好一個人出去找食物吃，就簡單的吃了些。

「榮春的資料裡提及了死亡通告最初的起因，是一個叫做嚴巧巧的女孩。三年前，嚴巧巧讀高三，現在應該是大三生了。我們明天去她就讀的學校找線索。」我一邊吃麵一邊說。

元玥心不在焉的點了點腦袋。

這個女孩，在太陽落山之後，心思就不知道去了哪兒。她一會兒看看窗戶，一會兒又瞅瞅門，不知道在想些什麼。

我留意起來，瞇著眼，再次順著她不停關注的幾個位置看了看。果然，她十分在意旅店的門和窗戶。

怪了，這是為什麼？說起來元玥選擇旅店的方式也有些獨特。這家旅店不算乾淨、也不算豪華。雖然風嶺鎮很小，旅店少，但是這住的也太差了。

旅店不高，房間發霉，床上的被單也不知多久沒洗過了。而且視野極差。窗戶望出去，遍眼所見的風景全被黑壓壓的樓房擋住。能看到的只有不遠處的幾條巷道。整個房間壓抑，外部空間密不透風……

不透風！

我怔住了。確實，這家旅店租的是中層位置，又是老房子，樓間距極小。四周大量的樓房把這棟旅店的風全都擋住了。

再看這個房間。房間雖然骯髒，但是防護措施非常好。由於是公寓改造，所以房門直接用了當初的防盜門。而唯一的一扇窗戶，也有很結實的防護欄。

難道是元玥感覺自己有危險，所以才選了這麼個相對安全的地點？

極有可能。

但是這妮子嘴巴很嚴，明明有求於我，卻又什麼都不願意透露。而我因為想要從她手裡得到「那個東西」，還偏偏不能袖手旁觀，甚至過度追問，憋屈得要死。

默默的吃完泡麵，元玥將垃圾扔到房間角落的垃圾桶中，然後指著房間中另一張床說：「夜不語先生，委屈你和我同住一間房了。你睡那張床行嗎？」

和美人共處一室，還要求陪睡，我也不好太龜毛。答應後，女孩乾淨俐落的合衣躺倒在自己的床上，關燈睡覺了。

我靠，才晚上八點而已。

自己沒辦法，只能也躺到靠裡邊的那張床，用手機翻了翻本地的論壇和新聞。

風嶺鎮的本地網路怪異得很，完全沒有活躍感，死氣沉沉得猶如遲暮的老者。偶爾有幾篇本地新聞和新的帖子，扯的也是非常正能量的東西。

這個小鎮，猶如所有人都在竭盡全力的忘記某件事。努力程度已經超出了自身的能力，淪落到無話可談的地步。

位於如此境地的小鎮居民們，也真是可悲咧。

我搖著腦袋，也搞不清楚自己究竟是什麼時候睡著的，直到一股刺脊冰涼，將我從睡夢中活生生的冷醒過來。

自己機警而又小心翼翼的睜開眼睛，只見元玥已經醒了，從床上站起來。透過窗外照射進來的模模糊糊的光，我能看到她睡眼惺忪的揉了揉眼睛，走到了門口。她捂著膀胱的位置，顯然是尿急。

可女孩的手剛接觸到門把，頓時猶豫起來。最終，這個元玥偷偷瞟了我一眼，很是糾結。

這間房間並沒有浴室，她尿急到雙腿不停的交替踱步。女孩並沒有發現我只是偷睡，乾脆心一橫，將垃圾桶拉到房間黑漆漆的角落，一陣「窸窸窣窣」的尿尿聲立刻偷偷的響起。

我大為吃驚，一丁點都沒有偷看到美人尿尿的場景而心動。只是感覺到更加的陰冷。元玥看模樣就知道是家境不錯。這種人從小受過嚴格的家庭教育，如果不是逼急了，不可能當著一個陌生男人在房間的垃圾桶裡撒尿。

這簡直顛覆了我對她的看法。

她肯定在怕什麼。而那東西一定就在門外。元玥清楚自己出了門就會受到攻擊，所以寧願不要臉也不出去上廁所。

可門外，到底有啥，會令她如此害怕？

就在我想不通時，一股惡寒不知從哪裡又冒了出來。我再也顧不上裝睡，整個人都跳了起來！

我的動作嚇得元玥將拉了一半的尿硬生生憋了回去，提著褲子，驚慌失措的背靠著牆。

黑暗的房間裡，壓抑的氣息在湧動。我的耳朵不停的耳鳴，耳膜因為莫名的原因嗡嗡作響。不知不覺間，一絲血順著耳朵孔流了出來。

「怎麼回事，耳朵好痛。」我幾步走到窗戶邊，準備往外望一望。就在這時，房門外傳來了敲門聲。

我捂著耳朵，有些發愣。午夜時分，究竟誰會跑來敲門？難道是元玥認識的人。再看靠牆呆若木雞的女孩，才發現元玥早已經嚇傻了。

她，明顯在懼怕著屋外敲門的人。

敲門聲剛開始還較為微弱，可是幾秒後，就變成了撞擊。

震耳欲聾的撞門聲，響徹房間……

該死！敲門的，絕對不可能是人類！

第九章 邪風森林（上）

耳鳴通常都是因為外部環境影響造成的，例如聽到了人耳接聽範圍之外的聲音。那種聲音只是你的大腦無法處理罷了，並不意味著你聽不到。當那種聲音過於強烈後，就會造成耳鳴。

隨著敲門聲越發激烈，我雙耳的耳鳴也響個不停。元玥直接抱著腦袋蹲下。劇烈的耳鳴聲，令我耳中不停的流血。我忍住噁心感，從床頭抽出好張衛生紙，用力塞進耳道中。被厚實的紙張層層吸附的那聽不見的聲音，終於減弱了些許。

自己如法炮製的在元玥的耳朵裡也塞進了一些衛生紙，她吃力的抬起腦袋，示意自己好多了。

「外邊敲門的到底是什麼？」我本想將嘴巴湊到她耳朵旁大叫，但是門外的敲擊聲震耳欲聾，耳朵還塞著紙，就算再大聲她也不一定聽得到。

想了想，我掏出手機，打了這幾個字。

元玥也掏出手機，回覆我的訊息，「我不知道。自從背上出現怪異印記後，每晚都會傳來敲門聲。」

「妳沒看過？」我問。

元玥搖頭，「我不敢開門。」

我撓了撓頭。女孩的判斷非常符合邏輯，一個每晚都會在午夜冒出來敲門的東西，絕無善意。

「前兩天也和今天一樣嗎？」我又問。

元玥遲疑了一下，臉色煞白：「不一樣。前兩天沒今天這麼激烈。門外的東西，像是要發瘋了。」

沒錯。門外撞門的東西確實是要瘋了。在瘋狂的撞擊下，防盜門都開始「吱嘎」作響，不知何時就會傾然倒下。

猶豫片刻後，自己終究還是想搞清楚門外的到底是啥，「我去門口看看。」

「別去，不要開門！」元玥用眼神阻止我，甚至伸出手想要拉住我的行動。

「我不會開門。放心。」我要她放心，自己則一步一步，緩慢的朝門口挪。防盜門上有貓眼，透過貓眼可以很安全的看到外界走廊。

在那陣歇斯底里、震耳欲聾的敲門聲中。我花了好幾分鐘，才走到門口。壓住內心深處的恐懼，自己將貓眼上的蓋子撥到一旁，把右眼湊上去仔細的打量。

門外走廊陰森昏暗，幾盞燈搖搖晃晃的照明著世界。貓眼外，什麼也沒有……

也許是門外的東西感覺到房內的窺視，撞擊聲突然消失了。

「走了？」我實在無法看到究竟有什麼在撞擊房門，所以轉過頭，和元玥面面相覷。

元玥將耳朵裡的衛生紙團掏出來，仍舊嚇得不輕，甚至聲音都在發抖：「走了吧。啊，夜不語先生，你的鼻子。你的鼻子在流血。」

我摸了摸，確實有溫熱的液體從鼻腔中流了出來。昏暗中，元玥的鼻子下也出現了暗淡的顏色。

「妳的鼻子也在流血。」我嚇了一跳。

「為什麼啊，又是耳鳴，又流鼻血。明明昨晚之前都沒有發生過這麼可怕的情況。」元玥疑惑：「難道是回到了風嶺鎮，詛咒回到了發源地，威力變大了。」

「極有可能。」我將耳朵裡掏出的紙團順便塞入了鼻孔中止血，令元玥一陣噁心：「但還是很奇怪。耳朵流血，鼻子流血。剛才敲門聲大得出奇結果沒有一個人跑出來看熱鬧。甚至沒有被打擾了睡眠的傢伙跑出來咒罵，這不符合人類的本能嘛。怪了，耳鳴會讓人流鼻血嗎？」

我老是覺得情況有些古怪，但是古怪在哪兒偏偏說不上來。

猛然間，自己大驚失色：「元玥，妳不覺得房間裡有什麼變了嗎？」

「什麼變了？」元玥沒搞懂。

我奮力跑向窗戶，一把將窗簾拉開：「氣壓變了！」

不錯，是氣壓變了。氣壓會引起耳鳴，強烈的氣壓甚至能令人五孔流血。可是一個普普通通的旅店房間，氣壓怎麼會莫名其妙說變就變呢？

當我拉開窗簾的瞬間，我和元玥，全被窗外的景色嚇呆了！

我和元玥大吃一驚。

該死，這是什麼鬼？

旅店窗戶外，本來就暗無天日的世界陰風呼嘯。淒厲的風帶著噩噱在天空中捲來捲去。樓下昏暗的街燈早已經看不見了，黑漆漆的空間裡，只剩下難聽的風吼，以及令人難受的，越來越強的氣壓差。

風強烈到如有實體似的，旋轉著，整棟樓都在風中顫抖。我幾乎不懷疑外界的風再強一些，旅店所在的小樓就會被風連根拔起，捲入天空。

窗外的風，形成了灰色的牆壁，異常驚駭。

我和元玥目瞪口呆、呆若木雞的好不容易才將視線收回來。

「夜不語先生，外邊的風也太大了吧？」元玥吃力的問。

我拚命搖頭，「風嶺鎮屬於丘陵地貌，層疊起伏的丘陵很難形成大風。更何況是現在竟形成了強烈到連氣壓都改變的氣旋。」

匪夷所思的一幕，讓我完全不知道該如何自救。

「氣旋？氣壓？」元玥有聽沒有懂。

我看著外界逐漸增大的風旋牆壁，心落到了谷底：「能夠形成氣旋的風，通常是我們俗稱的龍捲風。只有當龍捲風的風速足夠快，風力足夠大，才會造成現在的滿眼風牆的效果。」

「可我看只有屋外才有風啊，風都沒有撞到窗戶上。」元玥仍舊不解。

確實，外界的風只是在屋外呼嘯，旅店的小樓也在顫抖。可我們所處的房間卻偏偏詭異得異常平靜。

除了該死的增大到我快要五孔流血的氣壓。

我用力嚥下一口唾沫，用乾澀的聲音道：「因為，我們處於龍捲風的風眼中。」

元玥倒抽一口涼氣：「我們在風眼裡？這怎麼可能？不對啊，怎麼想都覺得不對啊。」

我沉默了。眼前的現實已經超出了科學能解釋的範疇。旅店位於風嶺鎮中心區域，而風嶺鎮又是丘陵地貌，四面環山，根本就不具備形成龍捲風的條件。但是這股詭異的龍捲風不但冒了出來，還不停增大，在中心城區密密麻麻的樓房中將我們的房間圍了起來，把我們困在風眼裡。

這根本就不科學嘛！

「夜不語先生，你說外邊這明顯違反科學定律的龍捲風，會不會和我身上的詛咒有關？」元玥看著窗外的呼嘯狂風，不由得擔心道。

「沒關係才有鬼。」我冷哼一聲：「不只妳屁股上有個甲骨文的『風』字，那個有可能是詛咒妳的孫妍也提到過要小心風。」

我越想越覺得元玥身上的詛咒，和「風」這種自然現象有關係：「說起來。當妳去曼徹斯特的教堂驅魔時，推倒整座教堂的，會不會也是某種怪風？還有孫妍的房間，妳曾經說那個房間被密封得嚴嚴實實，會不會她害怕的，就是午夜會被怪風敲門？」

元玥也覺得極有可能：「這樣一想，我順著孫妍的門往外看時，也確實沒有看到有什麼東西在敲門。」

「剛剛我透過貓眼望向房門外，同樣什麼都看不到。」我頓了頓，不無擔心：「風是無形的，肉眼當然看不到。但是我們一直討論的『怪風』，真的僅僅只是風嗎？作為自然現象，風，什麼時候有意識，居然會尋人殺人了？」

如果怪風和元玥的詛咒真有關聯，那麼在風嶺鎮中，究竟發生過什麼可怕的事情。才讓風這一自然現象產生了意識，傳播死亡通告，殺掉被詛咒者。

不可能！風不可能有意識。其中肯定有某種我還未瞭解的緣由。

我搖著腦袋，否定了自己的想法。屋外的風完全沒有停歇的跡象，元玥掏出手機看了看，已經快凌晨四點了。

「這股怪異的龍捲風只是把我們圍起來，也沒將我們怎麼樣，到底是什麼意思啊？」元玥在最初的恐懼後，發現自己暫時沒有生命之憂，反而犯起了嘀咕。

我摸著下巴：「難道它還有別的打算。」

這番話令自己都有些無法接受。指責一團氣旋對我們有目的，根本是變相的承認這股怪風有意識。

也許是為了證明我的對錯，剛剛還停在原地的風旋突然開始縮小直徑，圍繞著旅店的風牆徑直朝我們擠壓過來。

「哎呀，我靠！」我被嚇得破口大罵，連忙拉著元玥離開窗口的位置。

龍捲風在靠近旅店所在的樓房。本來就已經震耳欲聾的小樓房如打擺子般顫抖不已，彷彿下一刻便會在狂風中散架崩塌。

「這股怪風果然是想要我的命。」元玥嚇得臉色煞白、六神無主。

「不只妳沒命，恐怕還要搭上我和全樓所有無辜者的命。」

「那我們現在怎麼辦，我還年輕，不想死。」女孩絕望的快要哭出來了。

我環顧了屋內一眼，房間裡空蕩蕩的，除了床就是一具看起來並不結實的衣櫃。如果樓房倒塌了，躲在床下或者躲進衣櫃裡，都是同樣的死法：「逃出去吧。」

「可剛剛半夜敲門的東西，會不會就在屋外等我們。我們被逼出去了，不就正中了它的下懷？」元玥遲疑。我們倆都無法判斷不久前敲門的看不見的玩意兒是什麼？未知會令人浮想聯翩、甚至會因為恐懼而止步不前。

「不逃我們就會死。」我咳嗽了一聲。

房間裡的氣壓變小了，這可不是好兆頭。說明我們正在脫離龍捲風的核心，進入了揚風層。恐怖的龍捲風壁會將我們捲進去，瘋狂的碾成碎片。逃出房間，是唯一的生路。現在根本顧不得到底是不是詭計、會不會打開房門就一頭撞入走廊那一直想進門的神秘玩意兒的嘴裡。

「好吧，死就死吧。」元玥一咬牙，還是決定聽我的。畢竟看得見摸得著的危險就在咫尺之外。風不停的將窗外的物體捲入。刺耳的摩擦聲中，空調架、廣告板，甚至保溫層都被剝離出來，飛入空中消失不見。

這棟樓搖搖欲墜，已經撐不了多久了。

我和她小心翼翼的走到門口，對視一眼。元玥在我的點頭示意下，偷偷將門拉開一個口子。我先把頭探出門偷窺了幾眼。

走廊黑漆漆的，竟然還有電。昏暗的燈光在不停搖晃，晃得人腦袋發痛。門外什麼也沒有。最奇怪的是，旅店入住的客人雖然少，但我根本沒有看到有人大呼小叫的跑出來。

我猶豫了。難道這真的是走廊上那看不見東西的詭計，樓外的龍捲風，只是幻覺？

旅店外邊的風旋已經近得不能再近了，窗台的玻璃「劈哩啪啦」作響，幾乎是眨眼的工夫就在強大的牽引力作用下片片破碎。

我什麼也顧不上了，一腳踹開門將元玥扔出去，自己也迅速跳了出去。說時遲那時快，空中，強烈的吸力拉著我的腿，將我整個身體抬了起來，橫飛著向龍捲風扯去。

元玥尖叫一聲，奮力踢了房門一腳。在慣力和牽引力共同作用下，防盜門發出「啪」的一聲巨響，將空隙嚴嚴實實的堵住。我頓時從空中掉落地面。

顧不得撞痛的胳膊，我迅速爬起身，拽著元玥往樓梯跑去：「走，門撐不了多久。」

樓外的龍捲風不死心，風力再加大。鋼鐵鑄成的防盜門由於是空心結構，並沒有看起來那麼結實。幾秒過後，門上甚至已經出現了大量的凹陷。

正當我們跑到樓梯口時，異變突生！

原本安安靜靜的走廊盡頭，傳來一陣不似人類、甚至不似任何動物的嘶吼。說是嘶吼，還不如說是風在尖叫。

有一股風，陰森寒冷的風，衝破了走廊盡頭的房間門，呼嘯著，帶著死亡的怒吼，朝我們衝擊過來。

「跑。」我頭也不回，再次拽著元玥跑進樓梯間往樓下逃。樓梯間的門眨眼間就被那東西衝破了，風所吹過之處，凝結起一層白白的寒霜，驚悚異常。

我們不停逃命，雙腳機械的邁著步子，不斷地加速再加速。

邪風不停的吹，這風說怪也怪得很。以時速十公里吹過，吹在鐵欄杆上，驚人的一幕發生了。

「夜不語先生，你看樓梯扶手。」女孩子總是會因為任何事情分心，元玥的視線落在扶手上，突然感到扶手變得粗糙起來。

我一邊逃一邊抽空低頭望了一眼，頓時整個人都嚇傻了。

只見樓梯的鐵扶手竟然不知何時變得斑駁不堪，綠色的漆剝落了，金屬甚至呈現出被歲月腐蝕，千瘡百孔的模樣。

不只是鐵扶手，只要是那股怪風吹拂的地方，一切都在崩潰。

「逃生梯和扶手居然在風化！」我結結巴巴的滿額頭都是嚇出來的冷汗，這怎麼可能！背後追我們的那怪風，居然能將物質在短短幾秒鐘內跨越數百萬年的時間，風化崩塌。

我靠，這到底是基於哪門子的科學原理？

自己內心疑惑重重。元玥身上的「死亡通告」詛咒，越發變得難以理解了。詛咒的第一階段是一大堆Ａ４紙貼在她背上，每張紙都有她生命的倒數計時。而詛咒的第二階段，卻變得和第一階段八竿子打不到一塊兒來。

追著她，要她命的背後的陰風，究竟是怎樣的一種能量存在？

我一瞬間想了很多，但是逃跑的速度絲毫不減。背後的風看似恐怖，可速度並不是太快。和自己所知道的傳統的風，有許多不同之處。

從所在的房間一直逃到了一樓，元玥輕輕拉了拉我：「夜不語先生，身後那玩意兒追個不停，我們逃去哪兒才是盡頭啊？外邊又有更恐怖的龍捲風。」

「跟我走。」我的呼吸急促，自己不是那種體能取勝型的男生，逃了那麼久早已體力透支了，「妳不瞭解我，我這個人沒有安全感，所以去哪都會調查一番。風嶺鎮在幾十年前屬於抗戰前線，許多樓房地下都建有防空洞。這棟老旅店由老房子改建的，防空洞興許還留著。」

「興許？」元玥對我的不確定有些懷疑。

「可現在也沒別的辦法了。全世界的人類對抗龍捲風的辦法，最有效的只有一個。那就是儘快找一個地下室跑進去，風不離開，打死都不出來。」我和元玥一邊吃力的大呼小叫，一邊不停逃。

風！陰風！那股刺骨冰寒的陰風彷彿是在玩耍獵物，它並不急於將我們殺死。又或者，現在還沒有到殺死我們的時候。

當我順利在旅店一樓找到防空洞的入口，將那一扇老舊的幾十年沒有保養過的厚厚鐵門牢牢關上時，襲滿整棟樓的顫抖以及陰森冰冷都隨之封閉一空。

足足有十公分厚度的鐵門猛地被外邊那看不見的東西撞擊一下，之後便少無聲息。我和元玥在這充滿臭味和污水的地下空間，屏住氣息，一動也不敢動。不知過了多久，等門外的安靜持續了很久後，我才偷偷將手機掏出來。

防空洞地面積累的污水深及小腿。惡臭味比想像中更加噁心。手機柔和的燈光將防空洞照亮。這個封閉的空間早已經被樓裡的居民當作儲藏室使用，不過可惜的是污水管道破裂了，所以下水道裡的水流入了洞中，沒人處理，久了地下室也就廢棄了。

我看了看手機螢幕，早晨六點整。

六點的風嶺鎮，在地球的精度的維度中，屬於天色已經矇矇亮的位置。

出去，還是不出去？我猶豫著。

「外邊還有危險嗎？」最先忍不住的是元玥：「我的兩隻腿都要被污水泡爛了。」

「再等等。」我小心又小心，將耳朵貼在金屬門上。金屬是很好的聲音導體，但是僅限於金屬之內。地下室外，我什麼聲音也沒聽到。

「那玩意兒應該走了。」元玥忍不住又說道，她難以忍受防空洞內令人窒息的臭味，以及污水中漂浮的各種骯髒的東西：「根據前兩天的經驗，它應該只在門口待幾分鐘。找不到進門的辦法，自己便會離開。」

「那剛剛的怪異龍捲風和追著我們的陰風是怎麼回事？」我反駁道。

元玥啞然。

小心駛得萬年船。我以前並不是一個小心的人，但是自從守護女昏迷後，我才真正的珍惜起自己來。只有保護好我自己，我才能救得了那個白衣如雪，永遠保護著我的絕麗女子。

「算了，總躲在裡邊也不是辦法。」哪怕是和一個美人獨處在狹小的空間裡，但由於太臭太髒，我也沒心思遐想聯翩。最後，自己還是決定先出去瞅瞅。

「我先出去。」我不屬於被詛咒者，被詛咒的只有元玥一人。理論上那股陰風追殺的也是她而已。自己一個人出門應該暫時沒有危險。

元玥沒辦法，只能點點頭。

我悄悄地將防空洞的鐵門挪開一條縫，先迅速朝外看了幾眼。旅店一樓與防空洞至少隔著幾十步台階，落差有五公尺。從門看出台階外，根本什麼也看不清楚。只是覺得防空洞外的光線有些古怪。

自己壯著膽，踏出防空洞。等我抬頭向上望去時，頓時整個人都驚訝到傻了。

第十章 邪風森林（下）

誰的命運不詭異？

誰的生活，不比小說更精采？

我就在這裡，我就在這裡。

我存活在風的夾縫裡，我阻擾著大氣的流動。我的命，刺激著氣旋的激烈。

我的生命如同野草，任憑多凶烈的狂風吹拂，也仍舊還活著。

我要活下去，無所不用其極。

不知從何時起，風嶺鎮上的網路傳播起這篇小詩。這不算詩的詩詞很平淡無奇，甚至嚼而無味，可偏偏如同幕後有黑手般，瘋狂的在網路上滋長。

上官舞看到這首詩時，同樣不以為然。前些時候風嶺中學發生了許多怪事，同校有三個學生莫名其妙的死掉了。

學校配合警方調查，但最終無疾而終。

死亡的是鄰班的體育股長盧亮、班花陸曼和路人鄭寬。據說他們死得異常詭異。不過小城鎮畢竟是小城鎮，平淡一旦被打破後，再次歸於平淡的日子也來臨得異常快。一如丟入平靜的水中的石子，蕩漾的波瀾沒多久就會後繼無力的平息。

上官舞不覺得自己的人生會和這首詩有任何關聯，直到自己的好友找她去家裡過夜。

女孩的同班好友是個挺憤世嫉俗而且喜歡神秘事件的怪女孩，她的許多舉動都讓上官舞難以理解。

例如那傢伙的摳門，已經上升到了神級程度。她什麼都捨不得扔，總說有一天能用上。甚至有一次上官舞去她家串門借課堂筆記，居然碰到了好友在洗冷水澡。

上官舞傻眼了，「小春，這大冬天的，妳洗冷水澡幹嘛？」

好友一邊沖冷水冷到發抖，一邊說了一句令上官舞一輩子都忘不了，讓人傻眼的話，「家裡還剩下兩包感冒藥，再不吃就過期了……」

我靠！上官舞的好友，就是這麼個古怪的傢伙。為了快過期的感冒藥，寧願把自己弄出感冒。

就是這個古怪又摳門的人，上官舞居然能跟她做朋友，有時候她自己都挺佩服自己的。這一次，好友出乎意料的要她上門作客，甚至到家裡過夜。說實話，上官舞其實挺吃驚的。

當了快三年的朋友，那傢伙，從未主動請過一次客。話說事出意外必有妖，上官舞毫不猶豫的準備餓上一整天，好晚上去大吃好友一頓。

這樣一想，物以類聚人以群分。上官舞的性格，恐怕也正常不到哪兒去。

上官舞的好友，叫榮春。

其實女孩並不喜歡榮春的家。自己從未見過榮春的父母，榮春一個人獨居，家裡亂七八糟。因為摳門而且又是囤積狂的性格，榮春家的三個房間，塞滿了各種完全沒用、容易引起火災的垃圾，並且惡臭熏天。

這些東西全是榮春撿回去的。她只要走在路上見到稍微奇怪一些的東西，就會毫不猶豫的塞進書包中帶回家。

囤積症患者的思維，根本無法理解。

上官舞進了榮春家後，果不其然，榮春用一碗泡麵當作晚飯打發了她。之後得意而又神秘兮兮的拿出一個用布包得嚴嚴實實的東西，偷偷說：「小舞，妳看我昨天撿的好東西。」

女孩撇撇嘴，在這個無聊的小鎮，路上能撿到什麼好東西？

榮春並沒有立刻將紅布掀開給上官舞看裡邊到底是什麼，而是自顧自的說著：「小舞，對盧亮三人的死因，妳怎麼看？」

「妳提他們幹嘛？」上官舞皺了皺眉頭。盧亮三個傢伙可不是好人，他們用各種噁心的方法欺負同班同學的事情經過警方調查後，可是臭名昭著了。這三人哪怕死得很怪異，也因為欺凌事件臭名遠播，可謂是神轉折。

「妳不覺得奇怪嗎？」榮春一臉名偵探模樣，「整件事都透著詭異。盧亮不是那種會欺負別人的爛人，可是他居然夥同他人欺負同學。而被欺負者嚴巧巧不但沒有受到大眾同情，還徹徹底底的被小鎮所有人嫌棄，成為了最可憐的受害者。

「可突然一夜之間，劇情就翻轉了。施暴者一個個神秘死亡，受害者終於回歸楚楚可憐被所有人同情的嘴臉。越是這麼想，我越覺得怪得很。」榮春抬頭遠望，摸了摸下巴莫須有的鬍鬚。

上官舞在她腦袋上敲了一下：「結果，妳還是暗戀盧亮嘛。」

奇怪的人都有奇怪的虛榮心，更有奇怪的戀愛觀。盧亮曾經幫過榮春一個或許他都不記得的小忙，就此好友便將那位帥氣陽光的男孩單方面設定為戀愛對象了。盧亮死後，作為他堅定不移的暗戀戀人，在榮春看來覺得自己有決心有義務要解開謎團。

「我覺得，整件事中，嚴巧巧有許多令人懷疑的地方。」榮春撇撇嘴，繼續跟著自己的思緒自說自話。

「所以我開始調查她，越是調查，越覺得嚴巧巧最近幹的事情出奇的怪異。」榮春居然隨手從書包裡抽出一個口記本，唸了起來：「第一天，嚴巧巧早晨六點半出門，在樓下包子店吃完飯。順著門挨家挨戶發傳單。八點進入學校。一整天沉默寡言，下午不參加任何課外活動。放學繼續挨家挨戶發傳單，晚上八點回到家。

「第二天，嚴巧巧早晨六點出門，吃早飯，發傳單。在學校仍舊沉默寡言。沒有課外活動，直接回家。

「第三天——」

「等等！」上官舞舉起手打斷了她：「妳居然在跟蹤她？有這麼無聊嗎？」

榮春臉色一變，「有。這不是無聊的問題。小舞我告訴妳，咱們風嶺鎮要出大事了。」

上官舞皺了皺眉頭，「妳想太多了，風嶺鎮也就幾千人，平時無聊得要死。好事壞事都落不到我們腦袋上，除了天災，人禍估計都難。」

「小舞，妳錯了，錯了。真的要出大事了。」榮春搖著腦袋：「我調查過。在盧亮等人欺負嚴巧巧前，曾經看過一首詩。妳看，就是這首。」

好友將那首最近在風嶺鎮各大論壇上傳播的無聊小詩從平板上調出來，給上官舞看。

上官舞不以為然：「這首詩整個風嶺鎮上許多人都看過。」

「是啊，可偏偏盧亮三人看了後，性格大變。」榮春說。

上官舞覺得和好友無法溝通：「憑什麼說是這首詩令盧亮等人性格大變的？我也看過，性格就沒變化啊，挺好的。」

「所以我覺得這是一個陰謀，一個局。」榮春摸著下巴：「我有一個假設。一個人，他不知為何想要辦一件事。所以他將一種誘惑人心的東西透過語言文字隱藏起來，大多數人看了都沒問題。但是有一部分人因為基因或者性格的缺陷，就會被文字裡隱藏的東西迷惑，然後按照文字中既定的程序，改變了行為和性格。

「變了性格的盧亮、陸曼和鄭寬按照文字中的隱喻，開始尋找目標。而嚴巧巧正是目標的其中一環。她被欺辱、受盡人情冷暖折磨，最後情緒崩潰。就在這時，那人趁虛而入，以復仇作為條件，引誘嚴巧巧幫助她。」

「停停停！」上官舞大喊停：「越說越離譜了，這看似名偵探的推理，怎麼聽起來完全是妳臆想的成分多一些？」

榮春哼了一聲，「是推理。我是個怪人，小舞，我是個典型的怪人對吧？」

「妳是怪人沒錯啊？」上官舞認真的點頭。

「那就對了，作為怪人，每一個怪人都在某些方面有特殊的優勢。我的優勢就是能夠透過細微的細節推理出全貌。自己從來就沒有錯過。」榮春一把握住上官舞的手：「小舞，我想救你們，救風嶺鎮的大家。如果我的推理沒錯的話，風嶺鎮所有人都有危險。」

「為什麼所有人都有危險？」上官舞想不通：「就算嚴巧巧有問題，她既然都透過復仇殺了欺負她的三個，也該氣消了吧？」

「不對，妳太不瞭解人性了。」榮春伸出右手食指，在上官舞的眼前晃了晃：「嚴巧巧的復仇，還沒結束。妳看她孜孜不倦的每天到各家各戶發所謂的傳單。」

榮春將一疊紙掏出來，乾乾淨淨的Ａ４影印紙，上邊什麼也沒有：「沒想到吧，居然是白紙一張。」

上官舞摸了摸腦袋，有些驚訝：「原來這些影印紙是她放在我家門口的，確實許多人都收到過。我家也收到了許多。還以為是誰在惡作劇呢。她幹嘛做這種事？」

「這看起來是一張白紙，其實不是。」榮春神秘的將影印紙鋪平，之後又將一張薄薄的紙覆蓋上去，然後用鉛筆輕輕刮。不久後，一個符號居然映入眼簾。

古怪的符號，居然凸印在Ａ４影印紙上，正常看根本看不出來。

上官舞看著這符號，完全摸不著頭腦：「這符號看起來像是象形文字？」

「確實是象形文字。」榮春撇撇嘴：「我用網路查了查，這個符號是甲骨文，代表『風』的意思。問題來了，嚴巧巧，為什麼要挨家挨戶發這麼怪異的紙呢？我有個猜測。」

「妳有什麼猜測？」上官舞被榮春的推理說動了，她頓時也覺得嚴巧巧似乎真的有問題。

「妳看吧。一個人的憤恨，其實是無窮無盡的。」榮春敲了敲腦袋：「直接霸凌嚴巧巧的，只有盧亮三人。但是間接給予嚴巧巧傷害，而且將她傷得更重的，其實是這個社會，其實是風嶺鎮所有人的閒言閒語。所以，嚴巧巧的復仇根本就沒有完。在沒有將風嶺鎮毀掉，讓所有說她閒話的人付出代價之前，她都會一直憤怒下去。」

上官舞打了個冷顫，「榮春，妳的意思是嚴巧巧將會報復風嶺鎮所有人？」

「不是所有人，而是在她受欺凌後，說她閒言閒語，讓她痛不欲生的人。」榮春將筆記本又翻了一頁，「我調查了一下，她發傳單也不是每一家都發。小鎮一共三千多戶居民，她的傳單大概覆蓋了百分之八十的範圍。」

「也就是說她想要報復風嶺鎮百分之八十的人口？可就憑她一個高中生，怎麼可能做到？」上官舞覺得光憑高中生的力量，絕對不可能完成如此龐大的報復。但哪怕如此，她也被駭得通體發麻。

「她一個人確實做不到。但別忘了，她背後還有一個人。那個人擁有我至今還不能理解的能力。」榮春想了想：「這樣跟小舞妳解釋吧。嚴巧巧每天都在發送的Ａ４影印紙，就是一種定位。她想要殺死的人，就是被發傳單的家庭。

「但是嚴巧巧的復仇，和背後的神秘人屬於等價交換原則。」榮春推理道：「這樣一來，問題又來了。是怎樣可怕的等價交換，能夠交換風嶺鎮百分之八十的人的生命。那個神秘人，究竟希望嚴巧巧幫她做什麼？」

在榮春的言語中，上官舞越發的害怕了，她感覺自己正在接近一個可怕的大秘密。那個秘密近在咫尺，散發著驚人的死亡氣息。恐怖而又難以抵禦。

「不對，說不定我陷入了思考上的謬誤裡了。」想到這兒，榮春用力搖了搖腦袋：「說不定嚴巧巧想要報復的人和那個神秘人的目的，其實是一致的。神秘人之所以希望找到被欺負的絕望代理人，目的同樣是覆蓋風嶺鎮百分之八十的群體。

「風嶺鎮如果死掉百分之八十的人口，對那個神秘人十分有利。」榮春喃喃說道。

上官舞害怕了，「可是這些，可是妳說的一切。小春，妳也沒辦法證明啊。」

「事實上，我有。」榮春得意起來，她拍了拍手裡用紅布包得嚴嚴實實的東西：「我設了一個局，一個圈套。讓那個神秘人以及嚴巧巧不得不鑽進來的圈套。」

上官舞大吃一驚，「圈套，什麼圈套？那個紅布裡，到底包著什麼？」

榮春淡淡道：「我有把握逼得她們出手。但究竟以什麼方式出手，我猜不到。我努力的查那個神秘人的底細，但一無所獲。那個神秘人太神秘了。或者說，風嶺鎮其實隱藏著某個秘密，全鎮的大家都盡心盡力，竭盡全力把那個秘密隱藏在內心深處。隱藏得太好，以至於我們這一代的人都完全忘記了。」

「小春，我完全不清楚妳在說什麼。但是，妳這是在引火上身啊！如果那個神秘人真的有妳說的那麼可怕，妳會沒命的！」上官舞倒吸了一口涼氣。

「或許，我真的會沒命吧。」榮春哈哈大笑，一臉的不在乎：「所以我才讓小舞妳來家裡啊。妳看看，如果今晚我真出事了，我希望妳把這包東西送到一個地方，給一個人。」

榮春將手裡紅布包著的物件放在房間正中央的桌子上，又在東西下方壓了一張小紙條。

「妳不怕危險？」小舞焦急的吼道。

「危險？小舞，妳都說我是怪人嘛。怪人不怕死的。其實我對風嶺鎮究竟藏著什麼秘密，更感興趣。」榮春撇撇嘴，她打開手機看了一眼時間。

晚上九點整。

「沒猜錯的話，那兩個傢伙應該已經發現我設的圈套了。」榮春猛地瞪大了眼睛：「要來了。」

屋外，不知什麼時候開始，吹起了強烈的風……

風淒厲的刮個不停。

突然，房間裡傳來一陣怪異的「嗤嗤」聲。榮春和上官舞同時轉過腦袋望去。只見響聲的來源是不知多久以前，榮春在路上撿回的傳真機。那台明明沒有插電的破爛傳真機，居然響了起來……

「嗤嗤嗤」的聲音，伴隨著恐怖，襲滿房間。

□

我站在防空洞的台階上，整個人都嚇傻了。因為我能夠看到矇矇亮的天空！

清晨陰暗的光在頭頂一覽無餘。可不太對啊，防空洞的台階明明通往旅店的廚房。廚房位於旅店一樓，頂部還有足足六層的高樓。怎麼可能一眼就能望到天。

我的仙人板板[3]，樓房去哪兒了？

我一臉呆滯的站在原地，毛骨悚然。見我許久沒動靜的元玥摸索著走了上來，她頓時也發現了異樣，臉部表情也傳染了我的僵硬和驚恐。

「夜、夜不語先生。樓呢？」她傻傻的問。

我一巴掌搧在自己臉上，好不容易才清醒過來。用力嚥下一口唾液，我艱難的抬起腿，一步一步拾階而上。到了原本旅店一樓的位置。

樓果然沒有了，什麼都沒有了。整棟樓被昨晚的詭異龍捲風夷為平地，破碎不堪的碎片四濺飛出，分佈在方圓數百公尺，到處都是。

附近的樓也因為拋射的碎片影響，許多老舊的樓房外牆開裂，成了危樓。四周充滿驚慌失措的叫聲，許多人從危樓內跑出來上竄下跳不知所措。

我忍住濕答答的鞋子和下半身惡臭帶來的不快，拖著元玥偷偷往外走：「快走吧，警方和消防隊就從附近過來了。我們可不能在這個時間被請去警局協助調查。」

旅店樓都沒有了，實在搞不清楚昨晚因為恐怖的邪惡龍捲風死掉了多少人。想一想都清楚絕對不少。如此大的災難，一旦進了警局根本就解釋不清。無論是裝路人也好，裝白痴也罷，總歸會在警局中浪費大量的時間。

那時間我們根本浪費不起。昨晚的可怕龍捲風就是徵兆。詛咒在元玥進入風嶺鎮後顯然在惡化，昨天是龍捲風，誰知道今晚會變成什麼更詭異的東西。

我們沒有選擇，甚至都還沒有理清楚頭緒，就開始被迫和時間賽跑。

元玥背上的死亡通告確實沒有了，她的生命確實沒有被倒數，但是具象化的死亡時間消失後，那象形文字的「風」帶來的恐怖，更加的駭人聽聞。

因為它無視無辜，甚至會引起天災，為的就是殺死被詛咒者。

說實話，類似的詛咒，在我的諸多離奇經歷中，根本就從來沒有遇到過。這詛咒簡直是莫名其妙。

我和元玥順利的躲過了警方和救災者的視線，跑到風嶺鎮的另一家旅店開了房間。洗澡去掉臭氣，換了衣服後，我們馬不停蹄的朝風嶺中學趕去。

既然是在和詛咒賽跑，那麼搞清楚為什麼元玥背上的詛咒會從死亡通告變為象形文字就極為重要了。

各種資訊都能證明，風嶺鎮這個沒有任何特色的山中小鎮是死亡通告的發源地。作為發源地，那麼自然肯定有死亡通告形成的成因。

雖然從元玥在英國的頂樓租戶，那個已經死掉的女孩榮春身上找到的資料裡提及過，三年前就讀高三的嚴巧巧，是形成死亡通告的直接關係人。但是資料畢竟描述得太過模糊，僅僅有些許參考價值。

3 四川話，無意義語助詞。

所以我覺得還是應該自己親自去一趟，問問清楚。

不過由於小鎮太小，就連租車行也沒有，所以一路上並不順利。

小鎮比大城市更加的弱肉強食。因為資源太少，所以一切都需要用搶的。例如公車，我和元玥按照習慣排隊上車，結果被看似柔弱卻在擠車時突然身強力壯的大爺大媽們毫無障礙的擠開了。

最後公車開走了，我倆只能眼巴巴的聞著嗆人的尾氣。

早晨九點，和時間賽跑的計畫，徹底流產了。

這個小鎮，流淌著焦急、急躁、急不可耐和無秩序的殘忍。接連等了幾輛車都沒辦法順利上車的我以及元玥，最終放棄搭乘公車，準備叫計程車。

可這個行動也不順利。風嶺鎮一共只有兩所中學，風嶺中學位於小鎮最南端。雖然小鎮很小，但由於是山中開墾的小城，坡道頗多，根本沒辦法用走的。只能借助大眾運輸交通工具。

而正是由於小鎮太小，公共資源少，叫車也需要體力。

我和元玥本來孤零零的在不繁華的街邊準備叫車，一輛計程車剛開來，沒停穩。突然一個抱著小孩的女性就不知從哪跑出來，飛速扯開門鑽了進去。

第二輛計程車，被一個叼著菸的中年男子搶走了。

最可惡的是，第三輛車，居然沒等我們拉開門，就讓一個穿著高跟鞋，噔噔噔一路小跑來的年輕女孩呼朋喚友的佔領了副駕駛位置。

我的媽，我們兩個好手好腳的年輕人，竟然還沒有帶寶寶的媽媽、中年男子、穿高跟鞋的女孩速度快。

接連的不順，幾乎要將元玥氣瘋了，「這個小鎮究竟是怎麼回事，什麼都不排隊，完全靠搶。太沒規矩了！」

我啞然。雖然自己也去過許多小城市，但風嶺鎮尤其怪異。街道上的人遵循著食物鏈原則，理所當然的漠視規則。每個人，都在為任何事情踐踏文明，齊心協力無所不用其極，宣洩人類原始的本能。

在現代社會，如此赤裸裸的弱肉強食，真的是太少見了。

到底是風嶺鎮原本便有這樣的傳統，還是曾經發生過某些事情，令小鎮居民變得無比冷漠，只顧自己？

我的腦子有些亂，最後又花了一個小時，自己和元玥才終於順利的坐上一輛計程車。

風嶺鎮上的計程車，也極有本地特色。這裡的計程車司機根本不說話，也不開無線電，甚至不開收音機。無聲的車廂中，只有寂靜在流淌。伴隨著老舊的引擎噪音以及車外，風被撕扯開的流動。

我坐在副駕駛座，元玥坐在後座。我們都在安靜中望著窗外。

這是我到風嶺鎮後一天多來，第一次認認真真的觀察這個略顯古怪的小鎮。風嶺鎮，似乎和國內其他的小鎮在建築風格上沒什麼不同。山區小鎮，都是破舊的。街上多是青灰色的深宅大院，大門總是緊閉，通常只能看見裡面的樹和見方的灰磚煙囪，不怎麼看得見冒煙，總好像是空宅。

街上也有一些如我這樣的普通居民，普通的小院，三五戶或七八戶人家。同樣也有菜店、糧店、垃圾桶、速食店、照相館、修車廠，一應俱全，構成了南北長街日常生活場景。

計程車路過了風嶺鎮其中一所小學，正是上學時分，路上冷冷清清。在槐樹與紅牆之下蕭索的氣息刺得人心底極為不舒服。總感覺這小鎮裡，就連吹過樹梢，吹掉落葉的風，都充斥著某種說不清道不明的壓抑。

一路上，計程車司機始終沒有說話。我看膩了車外的風景，乾脆找個話題扯起來。「先生。張先生，你好。」我看了一眼司機的執業登記證，「城東據說出事了。」城東就是我們昨晚居住的旅店，今早被龍捲風夷為平地：「據說死了不少人。」六層的樓都沒了，死的人絕對不少。

被搭話的計程車司機，居然驚訝了：「外地來的？」

「口音聽得出來？」我問。

「咱不聽口音。咱鎮上坐什麼車，都不會有人說話。」計程車司機搖腦袋。

我撓撓頭，「你們鎮的傳統真有趣。」

「不是傳統，三年前開始的。」司機說：「我勸你們在這裡玩玩幾天，就離開吧。這兒可不是太平地兒。」

「為什麼？我見風嶺鎮挺美的。」司機真是實在人，不幫自己家鄉拉客，才兩句話就趕人走。

司機冷哼了幾聲，「這鬼地方，要不是咱走不出去，咱早就離開了。」

「走不出去，什麼意思？」我心裡「咯噔」一聲響。

司機感到自己說多了，沒再繼續朝這方向講，而是撇開了話題：「總之，早點離開。」

說完這句話後，他就不肯再開口了。

直到到了地方，我們都下了車後。這位熱心但是卻不敢多說的司機還破天荒的又叮囑：「兄弟，早點走。」

然後開車絕塵而去。

「真是個怪人。」元玥盯著計程車遠去的尾巴，撇撇嘴評價。

我的眼神飄忽不定：「我覺得這個好心腸司機的警告，很值得參考。風嶺鎮，各方面確實都透著古怪。」

元玥和我同時沉默了一下，我們默然的各自想著自己的心思，轉身看向身後的風嶺中學。

令人意外的是，風嶺中學，已經廢棄了。

早已經廢棄了！

透過緊鎖的欄杆門，我和元玥猛然間打了個冷顫。我倆的視線，不約而同的聚集在了一個東西身上！

第十一章 風的女兒

我和元玥的視線同時集中在了某樣東西上。

破爛不堪的風嶺中學不知道關閉了多久了，鐵門上長滿了鐵鏽。入口處只有一個警衛老頭在懶散的打瞌睡。當然，這並不是最重要的。重要的是鐵欄杆後邊的六層樓高的教學樓牆壁上，赫然畫著一個符號。

一個和元玥屁股上出現的一模一樣的符號。

符號殷紅如血，似乎塗上去已經有些時日了。我和元玥面面相覷，為什麼這符號會出現在風嶺中學？到底是誰畫上去的？

風嶺中學據說是風嶺鎮師資最好的中學，如此重要的學校，怎麼會說倒閉就倒閉了？期間到底發生了什麼？

我掃視了四周一眼，始終感到極為不解。最後忍不住走上前，敲了敲警衛的玻璃。裡邊百無聊賴的老大爺揉了揉睡眼，好不容易才清醒過來。

「找誰？」老人爺嘴邊長了一坨大瘤子，大約成人拳頭大小，瘤子表面全是疙瘩，疙瘩上甚至還有許多噁心的毛髮。

元玥總覺得這個老人家面目不善。

我找了個幌子，客氣的問：「大爺，我朋友就住在風嶺鎮。這次突然有事來找他，可是把他地址弄丟了。只知道他女兒就在風嶺中學讀高中。怎麼這家中學好好的，就關門了？」

「關了兩年多了，你真有朋友的女兒讀這兒，那就去風嶺二中碰碰運氣。」老大爺擺擺手，老練的識破了我的藉口。

我訕訕的沒離開，東一句西一句的準備繼續套話。

反而老大爺幾句話過後，精神起來了，「小夥子，你莫不是周圍鎮上什麼對 UFO 或者超自然事件感興趣的傢伙吧？」

人精！我苦笑著連忙點頭：「老人家，您真是慧眼如炬。我確實是隔壁鎮上的，開了一個小網站。主要刊載些神秘事件。聽說三年前風嶺鎮曾經出現過大範圍的死亡通告詛咒。」

「確實有這件事。」出乎我意料，老人居然想都不想便承認了。而且還衝我眨眨眼，用拇指和食指搓了搓，笑道：「不過我知道的不多。上頭也叮囑過，不准囉嗦。嘿嘿。」

其貌不揚的警衛老人結果是個貪財的。我被他的怪笑和不按常理出牌弄得再次撓了撓頭。

風嶺鎮這鬼地方，無論是人還是名字，就連街道中吹拂的風都表現得陰陽怪氣、古裡古怪。一個老頭能把其他城鎮避之不及的詛咒事件若無其事當作賺錢的工具，而且這伎倆看起來已經不知道用多少次了。光看這點，就能發現小鎮的秩序早已分崩離析、破碎不堪。

我無奈的從玻璃的縫隙塞入一張大鈔，老人笑了：「上頭的話老頭我還是要聽的，我沒保險，被辭退了就會餓死。」

聳聳肩膀，我又塞進去一張。

「現在物價可高了。」老頭還不滿足。

再次塞入一張，老頭眼皮子抖了抖，仍舊搖頭。

這次輪到我笑了，俐落的從塞進去的鈔票裡抽了一張回來。老頭頓時瞪大了眼。

「算了，我們走吧。」我轉頭跟元玥打招呼：「去其他地方調查也一樣。」

老頭立刻急了起來，「其他地方可沒人敢告訴你，而且他們知道的也沒我多。」

我沒理會他，又將一張鈔票收了回來。老頭連忙按住最後一張錢，大聲道：「小夥子，你到底想知道什麼，你問。隨便你問。」

我笑得極為開心，「那麼，從死亡通告是怎麼在風嶺鎮上開始傳播說起，怎麼樣？」

說完，我將收回去的鈔票揚了揚。在風嶺鎮時的這兩天，我也試圖打聽過，但是沒有人願意告訴我。或者說，那些人確實也不太知情。

老頭的臉色隨著鈔票的晃動而搖動，嘶了嘶乾癟的喉嚨：「小夥子，你聽說過風嶺鎮的一個民間故事嗎？『風的女兒』的故事。」

他沒有直接告訴我答案，反而跟我講起了本地的民間故事。我沒阻止他，饒有興趣的聽起來。

風的女兒，說的似乎是許多年前，發生在風嶺鎮上的真實故事。

許多年前，這個城市經常會突然刮起很大的旋風。刮旋風的時候，往往會有奇怪的東西從天上掉下來。

有一次，竟然掉下一個年輕的女子。很巧的，女子落在一個男子的懷裡。女子輕如羽毛，美麗如仙。

兩人一見鍾情，他們成為了夫妻。

女人常對男人說：「我是風的女兒。終究有一天，我會回到風中去。」

許多年過後，夫妻倆有了一個漂亮的女兒，生活十分幸福。

然而，女人突然從某一天開始，常常望著天空，甚至忘記了男人的存在。

女人說：「風的後代，總要回到天空。」

男人無法忍受失去妻子，他害怕了，最後便用鐵鍊，將妻子牢牢鎖住。

一天，男人回到家中，發現妻子又在望著空無一物的天空。

忽然，他發現，不對啊，自己的女兒去哪裡了。平時女兒總是活蹦亂跳的到處跑著。於是他驚慌的問妻子：「孩子呢？」

女人說：「孩子的外公外婆，想見見她。所以她去了天上。」

男人怒吼：「我的女兒，我最愛的女兒不是風的後代。我要她回來！我要她回來！」

男人將頭伸出窗外，不停地對窗外流動的大氣怒吼不止。

就在那一刻，風嶺鎮上無時無刻不在亂刮的旋風，突然停止了。

男子的女兒從天上落下來，就在他的面前，活生生摔死。

女兒，到底還是回來了。

聽警衛講完故事，元玥沒聽明白究竟是怎麼回事。她眨巴著眼睛，她總覺得那個警衛看到她時，就一直在陰笑個不停。元玥有些害怕了，不由得朝我背後縮了縮。

「老人家，你這個故事不太科學喔。風怎麼可能有女兒呢？而且這個故事和『死亡通告』的詛咒，又有什麼關係？」我同樣無法理解。

老頭用乾癟的手抓著我留給他的大額鈔票，笑容更加的怪異起來。

「當然有，當然有關係。」他嘴邊的大瘤子隨著他的話，抖個不停，彷彿要將瘤子上的無數疙瘩都抖了下來：「再給點，我就告訴你們，兩者之間到底有什麼關聯。」

我和元玥對視一眼，同時感覺警衛老頭越發的怪異。

「要錢容易，只要答案能讓我滿意。」我想知道他究竟要搞什麼鬼，於是俯下身，再次將一張鈔票遞了過去。

就在我跟他的距離無限縮短的一瞬間，說時遲那時快，警衛老頭竟然暴起身體。他將兩隻乾癟的手，活生生的從門下玻璃縫隙探了出來。

我和元玥被嚇到了。玻璃縫非常的小，只容得下幾張紙的高度。可就是這麼小的縫隙，警衛老頭的雙手居然如同紙張一般擠出來，一把拽住了元玥的手。

警衛老頭將元玥使勁兒的往警衛室拉，竟然想要將她拽進去。

我大驚失色下迅速一隻手抱住元玥的身體，一隻手妄圖把警衛拉開。老頭的手猶如一塊冰般陰冷，光是接觸都會讓人渾身發抖。老頭的力氣異常大，薄薄的手像是紙紮的。他一直把元玥拉到臉貼玻璃。

元玥被嚇得快要哭了出來。

「該死，快放手。」我一急，手忙腳亂的在身上摸了摸，掏出瑞士軍刀。狠狠刺在老頭的胳膊上。

老頭像根本沒感到痛，更沒有收回手。他可怕的臉蒼老扭曲，隔著玻璃用臉蹭著元玥的臉。

元玥恐懼得眼淚流不停。

「你究竟想要幹什麼？」我怒吼道，將軍刀抽出來，使勁兒的刺了他好幾次。

警衛陰森森的笑，邪惡的小眼睛一眨不眨的盯著元玥看。他用沙啞的聲音說：「風的女兒的傳說，還沒有完。據說那女人其實生的是一對雙胞胎，摔死了一個，還有另一個。妳屁股上有風的印記，對吧？」

元玥腦袋已經混亂了，她下意識的點頭。

「妳就是風的餘孽，風的餘孽回來了。妳最終會被風帶走的，否則，沒有人能逃出去。」乾癟的警衛老頭發出恐怖的「喀喀」笑聲。

我頭皮發麻，再次用足力氣，竟將他的雙手砍了下來。

沒有一絲血，警衛雙手落地時，只聽到一陣沉重物體掉下去的碰撞聲響。

驚嚇過度的我們連忙向後退了好幾步，留足安全距離。但我和元玥驚魂未定的再看向警衛室時，兩人完全傻眼了。

怎麼可能！風嶺中學警衛室中的老頭不見了。他居然眨眼工夫就消失不見、了無痕跡了。警衛室也不再是剛剛我們眼中的模樣。警衛室骯髒不堪、丟滿了垃圾。整塊玻璃殘破無比、甚至裸露出了鋼筋。

這怎麼回事？幾秒鐘之前，警衛室都還是有人生活的痕跡。可現在卻變成了廢棄的模樣，遍地雜物完全沒能落腳的地方。甚至像許久都沒有人進出過。

「夜不語先生，你看那兒！」元玥突然驚呼了一聲。

我低頭順著她指的方向望去，頓時嚇得魂都飛了出來。剛才警衛坐的位置赫然擺著一口黑黝黝的棺材。棺材上滿是灰塵。最可怕的是，棺材蓋子的中間部位，竟有三、四道像是被刀新劈砍過的痕跡。而棺材蓋子下，還有兩張嶄新的大鈔。紙鈔的一半沒入了棺材中。

我渾身都晃了晃，腦袋無比混亂。剛剛自己刺了門衛三次，劈了一次，剛好是四次。難道四次，都只是劈在了那口棺材上？而那兩張錢，不正是自己給的嗎？

警衛呢？那該死的警衛去哪兒了？

「幻覺？夜不語先生，我們是不是產生了幻覺？」元玥渾身發寒：「還是說，咱們倆見鬼了？」

「這世上可沒有所謂的鬼。」我皺著眉頭，始終還沒有從恐懼中恢復過來。視線在警衛室和女孩的臉上游弋了片刻：「至於是不是幻覺……」

我轉身，一把拽住了元玥的手。視線落在了元玥的手腕上。只見女孩柔軟的手腕皮膚上，猶自留著被門衛抓過拽過的痕跡。

兩隻手，十根手指印，清晰可見。

「看來也不是幻覺。」我搖頭。如果真是幻覺，元玥的手上不可能出現警衛的手指印記。

「這個小鎮到底是怎麼回事，每個人都陰陽怪氣。碰到個警衛還能遇到詭異事。」

元玥老覺得手上的十根手指印像是十個邪惡的眼，不停地在偷窺她。女孩用衣袖把痕跡遮蓋住，用雙手抱住胳膊。她怕。她冷。

風嶺鎮上無處不在的風，吹得她刺骨的冷。被山環繞，被山擁抱，甚至就在山中的小鎮，理應不該有如此多奪人熱量的冰冷旋風。

該死的風。

我一聲不吭的想要走進警衛室瞅瞅棺材中究竟有什麼。一口棺材，怎麼會大剌剌的放在高中的警衛室裡沒人抬走呢？

元玥死都不讓我打開棺材。

「夜不語先生，我有不好的預感。絕對絕對，千萬不能打開那口棺材。」她遠遠地將我拖開，連聲道，認真的臉上溢著沉重。最終我還是拗不過她，迅速離開了風嶺中學。

回旅店的路上，自己的腦子亂麻般糾結著。

風嶺中學為什麼會倒閉？警衛老頭是怎樣的存在，真是鬼？我們如果看到的不是幻覺，那麼元玥胳膊上的指痕和棺材上的劈砍痕跡究竟又是怎麼回事？

一個一個的謎，如同風嶺鎮上不停吹拂的風，凍徹人心。我搞不明白，實在是糊塗得很。總覺得風嶺鎮的人和事，很不簡單。

為什麼計程車司機要我們快點離開？

為什麼警衛老頭說沒有人能離開？

風的女兒的故事，又是怎麼回事？是風嶺鎮被隱藏起來的歷史？這個故事，會不會和元玥有關？

風的女兒和凡人結婚，生了兩個女兒。一聽就是民間故事。風怎麼可能有形體，能夠與人通婚生子呢？但警衛老頭卻特意說了出來，而且非常明確的在暗指元玥。

不！元玥來到風嶺鎮不是偶然。她被詛咒也不是偶然。或許風嶺鎮上的某些人，需要她回風嶺鎮。用盡心思費盡全力，只有元玥回到了風嶺鎮，才能達到他們的目的。元玥身上，還有什麼我不知道。不！甚至連她也不清楚的秘密？

我沉思著，偷偷瞥了身旁同樣沉默、心事重重的女孩一眼。剛好她的眼睛也轉了過來，我倆的視線撞在了一起，撞得雙方都愣了。

「夜不語先生，我想，我們應該先調查一下我的身世。」女孩咬著自己的嘴唇，苦澀的笑容裡，全是惶然。

我深以為然，於是我們就近找了一家網咖坐了下來。

現代社會，要調查某些事情，借助網路，通常是最便捷的。哪怕是調查一個人的身世，也同樣如此。

我輸入了「風的女兒」這四個關鍵字，試圖在網路上得到答案。

結果，我很意外的什麼也沒有找到。在資訊發達的現代世界，哪怕昨晚吃了什麼、穿什麼內褲都恨不得拍張照秀一秀的人類世界，居然也有在網上找不到的東西？

我和元玥將風嶺鎮大大小小所有本地論壇都翻了個底朝天，一無所獲。就如同不久前我提到的，整個風嶺鎮都散發著一股餿臭味。爛掉的城鎮、爛掉的人心，以及爛掉的人們的好奇以及活力。

本地論壇上充斥著滿滿正能量的話語和鼓舞人心的信條，似乎便是本地人精神食糧的全部了。回頭想了想，這個小鎮，沒有任何娛樂設施，甚至連書店都沒有。怪得很。

元玥在我身旁的位置坐著，她剛開始還在瀏覽網頁，不知何時起掏出一支筆和一張紙，在紙張上寫寫畫畫。

我毫無收穫之下，準備去鎮圖書館一趟。既然虛擬世界沒有收穫，那麼實體資料館應該會有某些方面的記載才對。畢竟實體書只要保存得好，就不會消亡。

自己轉頭看著元玥，女孩已經在紙上寫了密密麻麻的許多東西。

「妳在寫什麼？」我問。

元玥一邊寫一邊回答，「我家的族譜。」

「這妳都記得？」我驚訝。據說國外華人家族觀和傳承都比國內的好，但是一個年輕女子能夠默寫族譜，這就有些太離譜了。

「我爸一直都有要我記得，說這是族規。」元玥撇撇嘴，將族譜列了個表：「你看，夜不語先生。我的家族，跟風嶺鎮八竿子打不到一塊兒來。」

元玥的宗族在閩南地區，跟風嶺鎮果然是相隔千里的兩個地域。祖宗元章是清朝初年的一個大官，元家經歷了好幾次興衰後，最終在國內最動盪的民國後期，爺爺做出決定，舉家變賣家產去了英國避禍。

元玥的父親屬於移民第二代，經歷了爺爺這第一代的陣痛期後，將生意打理得風生水起。所以元玥其實已經徹徹底底成為了華僑、典型的擁有東方面孔的英國人。

我將她的族譜看了好幾遍，沒找到漏洞。十分普通的移民家族，看起來也毫無任何問題。可不知為何，我老是感到有什麼地方不太對勁兒。

見我一直皺著眉頭，元玥開始忐忑不安：「夜不語先生，我果然有問題嗎？」

我搖了搖頭，用手摸著下巴：「族譜似乎並沒問題，可是，你們家的族規，為什麼們會規定子孫後代一定要背族譜？「

「據說是害怕族譜在遷徙的途中丟失，忘了自己的根。」元玥回憶道。

合情合理的解釋，我啞然。但內心深處，對這份族譜的不舒服感，卻莫名其妙的更加強烈了。

「我們先去鎮圖書館找找資料，風嶺鎮的本地新聞根本什麼也沒有。」我撓撓頭，正準備起身離開網咖。

就在自己站起來，準備買單走人時，元玥突然扯了扯我的背。

「夜不語先生，你看這個。」她指著附近一個上網者的螢幕。只見那台電腦螢幕上赫然顯示著一個直播頻道。

我看了那頻道上顯示的字幾眼，頓時坐回位置裡。尋找到同樣的直播平台，點擊同樣的直播頻道。和元玥一起屏住呼吸緊張的看起來。

影片來源於風嶺鎮附近的一個小市區，一個小主播正在著名的「抖鳥」直播平台上進行一場別開生面的直播。

直播名為：「三年前的死亡通告，三年前的血風箏事件，本屌冒死探索風嶺鎮風女嶺。」

看時間，直播並沒有進行多久，但是這個話題顯然已經積累了不少的人氣。

我和元玥面面相覷，兩個人的表情頓時露出了喜色。

峰迴路轉，原本以為不可能找到的線索，居然為我們打開了一條縫隙。

終於能在這死氣沉沉的鬼地方找到有用的資訊了。

第十二章 恐怖直播

網路直播在現今的社會中已經無處不在了，而網路主播總是挖空心思的尋找各式各樣的題材提高訂閱率，無所不用其極。老年人完全不明白年輕人的直播究竟有什麼好玩的，但是頂尖主播的收入卻早已經逆天。

一個有逆天收入的新興行業，自然會進入無秩序競爭期。無數新人衝入網路直播行業中，秀下限、沒底線、甚至毫無禮義廉恥、將節操當作路人。

激烈的競爭不斷誘惑主播們打法律的擦邊球，甚至開拓新的領域。有的人直播脫衣服造人、有的人直播極限求生、荒島生存。

而「本屌有短鳥」這位年輕的，只有二十歲的主播男孩，他的主播事業卻極其不順利，每場網路直播都只有寥寥幾個人在觀看。其實本屌有短鳥清楚得很，那幾個傢伙不過是擔心自己的父母和親戚罷了。

本屌有短鳥懷疑過自己，不過天無絕人之路，在偶然情況下，他從自己的女友身上聽到了風嶺鎮死亡通告以及血風箏事件的傳說。本屌有短鳥頓時大喜過望，他本能的感覺到，此類恐怖話題絕對能掀起訂閱狂潮。

於是這白痴苦口婆心的勸女友帶自己去一趟風嶺鎮，女友自然不幹，甚至在他求得過分時，瀟灑的和他翻臉分手。

寧願和自己這麼帥氣陽光、屌炸天的男友分手也不願重新回到風嶺鎮。本屌有短鳥激動了。這話題，恐怕比自己想的更加的勁爆。

於是他找了幾個會攝影的朋友，在網路直播頻道裡預告了幾次。果然，對恐怖靈異事件感興趣的人絡繹不絕，紛紛問他什麼時候去風嶺鎮直播，探求真相。那段時間，他的直播頻道訂閱率飆漲。

從個位數，直接飆到了百位數。當本屌有短鳥公佈了去風嶺鎮直播的日期後，訂閱率又是一陣狂漲，破了千，停都停不下來。

當本屌有短鳥按約定踏上了風嶺鎮的土地開始直播後，他收到了網友們送來的「鳥食」和「鳥蛋」。

這可都是送的真金白銀啊。「鳥食」十塊一個，「鳥蛋」一百塊一個，除去平台的抽成後，一個「鳥食」與一個「鳥蛋」，本屌有短鳥能分到五十五塊的現金。

「各位大家好，本屌已經按約來到風嶺鎮了。」本屌有短鳥是個清秀的男生，他咳嗽了一下，操著不標準的國語說道：「感謝我的兄弟兼攝影師凍瘡。還有網路支援帥炸天。他們都是跟我赴湯蹈火穿一條褲子的哥們，我們進了風嶺鎮，就沒打算活著回去。」

畫面背後，是攝影師凍瘡的笑聲。還有屌炸天的話：「短鳥，感謝『IQ為零』以及其他幾個網友的鳥蛋。直播訂閱率現在是一千九百多了。」

本屌有短鳥喜笑顏開，他示意凍瘡用攝影機掃視四周，讓觀眾看看環境。

螢幕中顯示的是一片綠地，屬於風嶺鎮的郊區附近，看不到城鎮和人煙。綠油油的草木和湛藍的天空很是喜人，毫無污染。

「前幾天雖然已經預告過了，但是現在又來了那麼多新朋友，我還是再次介紹一下背景吧。」本屌有短鳥一邊往前走，一邊講著，顯然是做足了功課：「風嶺鎮是個名不見經傳的地方，自古就很封閉。雖然是個小鎮，而我也住在它的鄰鎮，但我們與他們來往都不多。直到三年前，風嶺鎮發生了震驚附近的『死亡通告』事件。」

主播正在爬山，郊區的風很大，高大樹木在朗朗烈日下被風吹得不停彎腰：「死亡通告事件神秘至極，據說最初開始於風嶺中學。在短短的三個星期之內，就蔓延到了全鎮。詛咒如同瘟疫般傳播，具體是什麼情況，我也不太清楚。但當初小鎮足足死了數百人，大量的人口因為恐慌而外流。

「之後，風嶺鎮就更加封閉了。再也沒有本鎮人走出來和其他地方交流過，而這幾年和風嶺鎮有過生意來往的人，也對這個小鎮三緘其口。彷彿，只要說了什麼不該說的話，他們也沒辦法從風嶺鎮走出來，詭異得很。」

本屌有短鳥拍了拍胸口：「所以剛剛本屌才說過，本屌是有必死決心來這兒的。來了，就沒有想過能活著回去。如果想要獎勵本屌的勇氣和決心，請鳥蛋和鳥食大大的丟過來喔。」

主播說到這兒，開始爬山。他掏出水喝了幾口，對著攝影鏡頭繼續說道：「死亡通告在風嶺鎮肆虐的時間並不長，來得快，去得也快。但風嶺鎮百分之八十的人終究還是離開了。歸於平靜後，再一次震撼到附近的，是血風箏事件。」

聽到這，我和元玥同時轉頭對視一眼。風嶺鎮還出現過血風箏的故事？怎麼自己從來沒有聽過？

「相信許多附近的居民都聽過血風箏事件。但是具體情況卻知道得不清不楚。甩掉我的那個死前女友就是風嶺鎮的人，她似乎一直對這件事有忌諱。而且，那女人對風嶺鎮恐懼得很。就連聽到自己故鄉的名字，都在發抖。」主播非常善解人意，開始解釋起血風箏的故事。

「我的死前女友真的是夠了。她經常對我說，她幹了許多不願意幹的事情，很多噁心齷齪的事情，所以才能活著從風嶺鎮逃出來。每次聽她這麼說，我就非常不能理解。本屌不明白她究竟在怕什麼。你們看看，風嶺鎮其實挺漂亮的。」

主播示意攝影師凍瘡將鏡頭朝後移：「後面就是我的家鄉洪洞鎮。而這裡，是洪洞鎮與風嶺鎮的分界線，還有界碑喔。」

畫面一晃，先是轉到遙遠的一塊山脊平地。遠遠地有一些建築物。應該就是主播嘴裡的洪洞鎮了。

而他口中的界碑在畫面裡一掃而過。眼尖的我，頓時整個人都激動得站了起來。

「夜不語先生，你怎麼了？」元玥神色一動：「發現了線索？」

我皺眉，「元玥，儲值到這個直播平台，多儲一點。先送五個鳥蛋。」

「嘖嘖，您真是有錢人。」元玥撇撇嘴，照著我的吩咐迅速做了。

只聽螢幕裡負責網路的帥炸天驚呼道：「短鳥，有土豪送了五個鳥蛋哦。」

主播頓時滿眼都是小星星，「土豪。這位叫做『夜夜想小哥』的土豪，謝謝打賞，咱們做朋友好不好。」

我靠！

我狠狠的瞪了元玥一眼，這王八小妮子給我取的什麼亂七八糟的基佬的暱稱！女孩開心的吐著小舌頭，一臉得意。

我沒空理會她，在直播平台上打了一些字：「將鏡頭湊過去，我想看看界碑。」

「遵命。」螢幕裡的主播顯然是有錢就是爺的傢伙，他連忙指揮攝影師將鏡頭湊到了風嶺鎮的界碑前，來了個大特寫。

網路直播就是這點好，有錢就是大爺，能讓主播即時做任何事情。

我將螢幕截圖後，看著這個界碑，有些傻眼。而當元玥看清界碑上畫的東西時，頓時整個人都驚呆了。

界碑很古老，很有一些年歲。風嶺鎮三個字挺顯眼，用的是古體。在一個不起眼的角落陰影中，赫然刻著一個符號。

和元玥屁股上的符號一模一樣。

那是甲骨文中的「風」字。

該死，怎麼這個文字符號在風嶺鎮無處不在，而且似乎從遠古時期就留下了痕跡。風嶺鎮，究竟隱藏著什麼秘密？

主播清了清嗓音：「現在我們來接著講血風箏事件。說起來，那個事件就發生在附近。」

螢幕中的青山綠水極為幽靜，漂亮的天空一塵不染。綠油油的植物在風中擺動的姿態，卻猶如無數冤魂在搖擺著爪子。烈日當空中，我看到的卻只是陰冷。

現場的主播三人同樣也覺得冷。本屌有短鳥打了個哆嗦，揉了揉胳膊：「別說，最近天氣預報老說春天來了，萬物發情了，二十多度了。可不知為何一進入風嶺鎮就冷了起來。難道是靈異現象？

「大家看看那個位置。」主播示意攝影師將鏡頭轉到山脊下方大約三百多公尺處的一塊空地。那塊空地大約一公里方圓，沒有高大的樹木，只有單薄的荒草。

「就是那個位置。據說風嶺鎮沒有太多廣場，所以一到春天就會有許多居民到郊外的那塊空地放風箏。不知大家發覺沒，現在也是春天，為什麼今天一個人也沒有呢？」

確實，空蕩蕩的草坪上只有淒厲的風吹過，完全沒有人的蹤跡。

「就是因為血風箏事件，所以從三年前開始，再也沒人敢來這兒放風箏了。風女嶺的草坪，成為了風嶺鎮的禁地。」主播眉毛挑了挑：「這件事我也是從前女友嘴裡聽說的。三年前，死亡通告的詛咒在風嶺鎮上剛剛消失沒多久，人心惶惶的居民按照傳統到這塊草地放飛風箏。當然，最喜歡放風箏的還是小孩子。

「那天，幾十個小屁孩放飛了風箏。其中一個孩子的風箏越飛越高，就像有一隻無形的手拽著風箏，把它使勁兒的往天空裡拉。小孩手裡的繩子放得飛快，很快，繩子放完了，天空的風箏也完全高得看不見了。

「可雖然風箏不見了，但小孩手中的線仍舊緊緊的繃著，繃得很直。線像是一根針般，刺入了天際。那小屁孩愛惜風箏不願意放手，結果被風帶上了天。他家的大人頓時嚇得魂都飛了，一大群人猛撲上去將飛起來的小孩逮住。抓腿的抓腿，拉手的拉手。

「小屁孩膽子也大。都那樣了，他還不依不饒的不停收線，準備把風箏收回來。一夥大人沒辦法，只能幫他收線。那線也古怪得很，許多個大人硬是僵持著收得極為辛苦。他們不停跟來自於空中的巨大拉力博弈，沒想到的是，線剛收了一半，就聽到天空驚雷似的發出了一聲痛苦的呻吟。

「天空中的某個東西像是被風箏弄痛了。但是草地太嘈雜，大人小孩們都沒有在意。可接著收線時，所有人都嚇傻了。只見本來沒有任何顏色的風箏線，不知何時染上了一層紅色的顏料。

「殷紅如血的顏料在太陽下反射著刺眼妖異的光，可怕得很，甚至瀰漫著噁心的腥臭。在場全部的人不約而同的打了個冷顫，嚇得不輕。小屁孩的家長連風箏也不要了，急急忙忙的帶著孩子回家。但就在當天晚上，又發生了一件詭異無比的事情。

「第二天，小孩就被發現死在家的附近。大清早，天剛矇矇亮時，屍體被一個清潔工發現。當時清潔工看到小孩的屍體一隻腳纏住了路燈，而另一隻腳被一根紅線拴住。整個身體都懸吊在空中，人也不知何時斷了氣。

「清潔工連忙解開了屍體纏住路燈的那隻腳。可沒想到，剛一解開，小孩的屍體就被另一邊的紅繩拉扯到天空中，快得他措手不及。事後清潔工信誓旦旦的說，他看到一只大鳥風箏扯著屍體飛走了。

「小屁孩前一天放飛的正是一只大鳥風箏。那只風箏明明已經被他的父母丟棄了，但為什麼又會在晚上出現，纏住了那小孩的腳呢？一只小小的風箏，怎麼可能將一個三十多公斤重的小孩扯入天空？還有，飛入空中的風箏線，上邊塗的究竟是不是血。至今，這些疑問還是未解之謎。我的前女友也沒說出個所以然來。」

主播指了指那塊空地，又指了指自己的臉：「所以本屌，今天冒死準備重現三年前血風箏事件的一幕。在那空地上放飛風箏！大家說好不好？」

回答是很熱烈，大家全被他吊起了胃口。滿螢幕都是刷屏的文字和符號。

「要的話請把鳥蛋和鳥食丟過來。」本屌有短鳥笑呵呵的說。

螢幕後邊一群人開始送上虛擬物品。網路支援帥炸天激動了，不停的提醒短鳥感謝網友的鼎力支持。

「感謝各位兄弟的一百個鳥蛋。許多兄弟都點了讚，多謝多謝。」主播也激動不已。今天才開始直播兩個小時，收入幾乎都快超過兩萬了。這可真不得了！

三個人在樹林裡穿梭，朝草地走去。本屌有短鳥不停的介紹有的沒的，不停的唸著打賞者的名字。一公里的路，走了接近一個多小時。

如何消化平淡的直播，過渡場景，也是每個直播主播要做的功課。這一點本屌有短鳥做得不錯。

他一邊走，一邊介紹起風嶺鎮這處郊外的地名以及歷史典故。

「這個地方，以前叫做風女嶺。是個挺古怪的地方。據說非常有歷史淵源。」主播掏出手機翻了翻：「我在這裡為大家唸一唸我找到的資料。凍瘡，你把鏡頭往那個位置照一照。大家有沒有看到古蹟殘骸？」

螢幕出現了一座隱在林木中的破爛古廟。古廟上的牌匾早已掉落，破敗不堪。但是隱隱還是能見到「風神廟」三個字。

「這裡是風神廟，以前曾經香火旺盛。但是文革時期被紅衛兵破四舊砸爛了。相傳，風神就居住在這塊山頭。」

風女嶺的傳說，我聽完主播講完後，在腦子裡整理了一下。這大概要從黃帝的時代說起。

數千年前，黃帝當了統領，一心想把天下治理好。他每天盼著能得到幾個有力的大臣。可往哪裡去找呢？他經常為這事發愁。

有一天晚上，黃帝做了個夢，夢見狂風過後，把天下的塵垢全刮跑了。他醒來時就想：「風是號令，是掌握執政大權的人；『垢』字去了土字旁，是個后字。這個人可能姓風名后。難道天下真有叫風后的人嗎？」

黃帝就照著這個想法，到處找風后。他不知翻過多少山，渡過多少河，吃了多少苦頭。

有一天，黃帝來到風嶺鎮的野地裡，正遇上風雪天，迷失了方向，又冷又餓。正在這時，有一個小孩兒牽著一匹馬走了過來。黃帝上前問了路，就按照這個小孩兒的指點，終於在鎮外一座山上，找到了風后。黃帝讓他當了宰相。

後來，黃帝戰勝了蚩尤，天下也太平了。因為風后當宰相立了大功，黃帝便把找到他的那座山，改名「風后嶺」，封給風后。

而風后又將其改名為「風女嶺」，用以紀念自己夭折的女兒。

歸納完故事，我的眼神閃爍了幾下。風女嶺漫山遍野都有界碑，古老的界碑刻滿了甲骨文的「風」。而這個地名的來源甚至能夠上探到黃帝時代。這裡邊暗藏的事實，絕對沒有上古傳說那麼的簡單。

我的視線一直在風神廟的殘骸上瞟來瞟去。突然，自己一愣，再次示意元玥送幾個鳥蛋給主播。

「謝謝『夜夜想小哥』的五個鳥蛋。」主播開心的唸著我那基佬到爆的白痴暱稱。我鐵青著臉打了幾個字：「請將鏡頭移到風神廟的右邊柱子上，我想仔細看看。」

「OK。聽土豪的吩咐。」主播和攝影師按我的要求走過去，將鏡頭湊到右邊柱子的不遠處。

視線轉移，鏡頭聚焦。一根殘破，但仍舊屹立不倒的古老柱子清晰地呈現在螢幕中。

柱子大約直徑一公尺寬，直立的部分僅僅剩下兩公尺的高度。但是從它的雕工看，絕不平凡。可想而知，當初這風神廟在鼎盛時期究竟有多奢華、雍容。如此精緻的雕刻，根本不像是一座古廟。說它是宮殿也不為過。

石柱上浮雕隱藏在青苔中，不過青苔本來就很薄，所以還是能看出大概的輪廓。柱子刻的是一個底部為八角形的宮殿，而宮殿上方，卻呈現圓柱形。

「元玥，妳覺得這個宮殿像是什麼東西？」我照例截圖，隨口一問。

元玥偏著腦袋：「下邊八角形的玩意兒我搞不懂。但是上邊那圓柱的形狀，倒是像八〇年代香港殭屍電影中，用來趕屍的鈴鐺。」

「不錯，上面那截確實是鈴鐺模樣。下邊的八角形，倒是和某個東西有些相似。」我搜索著腦袋裡的記憶。自己在學習博物學時博覽群書，記得曾經在一本古籍裡看到過類似的東西。

怪了，是什麼呢？記憶古怪得很，越是想要記起一件事，就老是會無法回憶。難道自己的腦袋也開始未老先衰了？

我心裡極為不舒服，對那長得像是八角形鈴鐺的宮殿更加上心起來。

主播、攝影和網路支援，三個人一路嘮叨著與螢幕前的眾多觀眾互動不止。好不容易才踏上了那塊草坪。

遠遠看去還不覺得，真的到了這地域才驚然發現，整塊草坪確實龐大無比。視線更是好到將周圍景色一覽無餘。用來放風箏，那真是極好的。

主播咳嗽了兩聲：「好了，我現在就要來放風箏了，兄弟們，大家刷一圈666，為我祝福為我加油，祝我順利遇到靈異事件。」

螢幕上一大波6飄了過去。

我和元玥一眨不眨的看著這個自己找死的傢伙，心裡明白得很。或許坐在各自電腦前的所有觀眾，以為這次直播僅僅只是作秀而已。哪怕是主播本人，也同樣如此認為。

但是只有我倆清楚。風嶺鎮潛伏著某種超自然的力量。無論是那股突然出現在市中心將我們住的旅店刮走的可怕龍捲風。還是那在廢棄警衛室中莫名出現，拽住元玥手臂的小老頭。

風嶺鎮的居民內心隱藏著秘密，只是他們從來不說出口。

主播在禁忌的地方放飛風箏，會不會真的遇到恐怖事件？

我難以揣測，但是心卻隨著他們三人的動作而沉入了谷底。

螢幕中的事並不會以我的意志為轉移。風箏，仍舊隨風起飛了……

第十三章 血風箏

攝影師凍瘡，主播本屌有短鳥，網路支援帥炸天三人的動作飛快。在大量虛擬商品的真金白銀打賞下，他們已經化身為勇往直前的烈士，什麼都不怕。

而我卻越看越覺得有問題。

主播本屌有短鳥的這一次直播，和之前的風格完全不同。在剛剛看直播的途中，我一心兩用，要元玥把之前他直播過的影片檔找出來瞅了瞅。

從前本屌有短鳥的直播，極為平凡。說話做事沒有條理，內容也極為無趣。但這一次的直播有趣了很多，插科打諢。一步步引導螢幕前觀眾的好奇心。調查的內容也詳細得很，如同故事的主線有了靈魂，一部電影有了好的腳本。

我極度懷疑，這個主播在跟著寫好的腳本走主線劇情。

年輕帥氣的主播說話的流利程度，也跟唸台詞極為類似。除非經過精心準備，否則如此低齡、也沒有經過系統學習的人，是很難在講述故事背景以及處理狀況等方面，一個結巴也沒有的。

這樣一來，問題也接著來了。如果他的背後真的有人寫腳本。背後之人，肯定是個條理清晰，甚至極有章程的人。人的面相能看出許多東西，甚至看得到教育程度。

螢幕上直播的三個人，都不像是有能力寫出如此精采的腳本的人。

那麼替本屌有短鳥寫腳本的，又能是誰呢？

我沉思著，看本屌有短鳥把風箏從行李中取出。

「這是個大鳥風箏，和三年前小屁孩放飛的那個同一種款式。」主播介紹道。他手中的風箏大約五十公分長，適合小孩子放。風箏的形狀也挺有新意，說是鳥，看起來倒也不像。總之不像任何現實中的生物，反而和上古神話裡的鳳凰有些類似。

主播和帥炸天將風箏線接好，試了試風的方向。

「今天是南風，很棒。」本屌有短鳥把大鳥風箏拋飛到天空。空曠的地方風本就大，一眨眼的工夫，風箏就飛了起來，根本就不需要人助跑。

我眨巴著眼，看向聚精會神的元玥：「元美女，這個直播，不簡單啊。」

「我也感覺挺怪的。剛剛看主播從前的主持風格，和現在的簡直是判若兩人。」

元玥摸了摸自己的柔順長髮。

「我說的是年輕主播背後的人，不簡單啊。我老覺得那個寫腳本牽著他們三人鼻子走的人，似乎有什麼陰謀。」我思索著。

元玥睜大了眼睛，「你的意思是說，有人故意引誘主播三人到風嶺鎮的風女嶺放風箏？」

「對！」我頓時一拳頭打在了桌子上。都說聰明反被聰明誤，自己思索了一圈後，反而一時沒注意到如此淺顯的陰謀。

「這絕對是陰謀。風箏，為什麼要放風箏？」我側過肩膀，在直播平台打字：「主播，你們這次的直播有劇本，對不對？」

元玥翻白眼，「問得這麼直白，他會老實告訴你才怪。」

果然主播撇撇嘴：「兄弟，夜夜想小哥兄弟，本屌很屌，張口就來，直播要有劇本就沒意思了，對吧？」

只不過幾分鐘工夫，風箏已經飛得很高了。

「他背後果然有人。」我也撇撇嘴。

元玥懷疑，「真的假的？」

「每個人在說謊的時候，都會不自覺的有一些小動作。你看這位主播小哥，他下意識的撓了撓脖子。還是太嫩了，年輕人啊。」看他前幾期的幾次直播，同樣的小動作基本上都出現在他心虛的時候。

元玥啞然失笑，「說得你好像比那位白痴主播大好多一樣。」

我沒理她，繼續跟主播溝通：「短烏，你那位來自風嶺鎮的女朋友，真的和你分手了嗎？」

在直播中，這傢伙不停地提到自己的前女友。這同樣很不正常。不正常的，還有那個風箏。聽一個故事和瞭解一個故事，是完全不同的兩種理解。例如誰都知道水滸有一百零八將，甚至有人還能唸出這一百多個人的名字。但是如果要問你，這一百零八個人臉上一共有多少顆痣？哪個還清楚？

同理，本屌有短鳥，怎麼可能知道血風箏故事裡，那個風箏究竟是什麼模樣？甚至還買了一個同樣款式的，這太不符合常理了。能知道這個的，可能只有一人，便是他那從風嶺鎮逃出來的女友。

如果他和女友真的分手了，作為前女友，會回答他幫助他才怪。

「分手了，真分手了。」主播不耐煩的回答我的問題。要不是他認定我是土豪，想我今後多打賞，不然這傢伙早就不愛搭理了。

我不依不饒，「你前女友叫什麼名字？」

螢幕裡，本屌有短鳥轉頭望著越飛越高的風箏。寬闊的草坪上，小小的風箏飛舞在天際，精靈般晃來晃去。他手中的線團隨著風箏的升高，越變越小。

主播明顯看到了我的話，沒有理會。

「你的女友的名字，我猜猜看。」我嘴角微微揚起：「孫妍和榮春，是哪一個？」

看到這行字的本屌有短鳥大吃一驚，臉上的惶然止都止不住。同樣大吃一驚的還有元玥，她整個人都站了起來，盯著我：「夜不語先生，你怎麼會問這樣的問題。你認為當初跟我在英國同屋的兩個女孩就是站在主播背後策劃著陰謀的傢伙？怎麼可能？」

話音還未落，螢幕中驚呆的本屌有短鳥回過神來，用有些氣憤的聲音道：「夜夜想小哥，你他媽的到底是誰？是我認識的人？是來砸我場子的人？媽的，你怎麼知道我女朋友叫榮春？這秘密我連兄弟都沒說過。」

「榮春？」我只是有個懷疑而已，沒想到得到的答案比想像的更加可怕。

元玥張大嘴巴，合不攏，「榮春不是已經死在英國，死在我那間出租屋裡了嗎？我明明眼睜睜的看她嚥氣的。不對啊，聽這主播說，他和榮春分手，也就是這幾天的事情。難道我們說的不是同一個人？風嶺鎮，有兩個榮春？」

「哪有那麼巧。」我的臉色發黑，一股惡寒早已爬上了頭頂。自己開始迅速收拾東西：「元小姐，抓一下直播的APP，我們馬上趕去風女嶺。」

我飛快的拉著元玥準備去風女嶺一趟。背後隱藏的故事，越發的露出了它猙獰的一面。想要尋求答案，只能勇敢的直面黑暗。既然榮春費盡心力要讓她的男友和好友三人跑去風女嶺的草坪放風箏，就絕對有她的道理和目的。

可本已經死掉的榮春，怎麼會在風嶺鎮的鄰鎮呢？一個死人，真的會復活？她究竟在陰謀策劃什麼？她的目的又是啥？

總之，不會是好事。

在離開之前，我想了想，終究還是好心好意的給本屌有短鳥發過去了一條文字：「不要相信你的女友，我覺得她有惡意。別管風箏了，快逃，越快越好。」

這一行文字在螢幕上流過，引來了一陣刷屏。螢幕前每個看直播的人都被吊起了更大的興趣，許多人紛紛發言，說我這句話簡直就是神來之筆，絕對是受主播之託。

我無力地苦笑。而螢幕中的主播三人，顯然也不以為然。

元玥用手機 APP 播放直播。我們倆飛快的跑出網咖，自己見四下無人乾脆利用偵探社的萬能工具偷了一輛摩托車朝風嶺鎮的西郊行駛而去。

在這公共資源匱乏、每個人都努力拚命在搶佔公車和計程車資源的地方，叫車不可能，租車沒條件。偷車便是最後一個可以最快到達目的地的選項。

通往風後嶺的路，不太平。

而正在直播的主播本屌有短鳥，終究沒聽我的勸告，還是出事了！

最先出事的，是風箏。風箏剛開始還升得很平穩，主播三人一邊直播一邊講著鬼故事，心裡盤算著這趟直播究竟會賺多少錢。

可就是在突然間，本屌有短鳥手裡的風箏線，就被空中什麼東西使勁兒的拉了一下。他連忙停住說話，抬頭望去。

風箏放了大約五十幾公尺高，在他們頭頂盤旋不止。天空乾乾淨淨空無一物，怪了，剛剛是什麼在扯他的線？

帥炸天見主播在發呆，連忙提醒：「短鳥，你愣什麼？」

「奇怪得很，剛才明明我手裡的線飛出了好大一截。可風箏挺平穩的啊。」本屌有短鳥有些摸不著頭腦，是錯覺？

說時遲那時快，他正在懷疑是不是錯覺時，飛在天空的風箏，又被空中某個看不見的東西往上拉了一大截。主播手裡的線「唰唰唰」的往天上放。

這一次線放得很長，長到另外兩個人也發現了異樣。

「天上有旋風，把風箏拉上去了？」凍瘡遲疑道。

主播打了個冷顫，「不太像，我覺得是個有生命的東西在不停的拉我手裡的線。」天空風箏的頭部在風中一點一點的，猶如一個魚餌。空氣裡有某種東西，如同有生命般，正在試探著風箏，扯一下鬆一下，極有規律。

「邪門了喂。」凍瘡將鏡頭對準天空的風箏，然後將鏡頭下移，讓觀眾能看到上升一截、鬆弛一截的繩。

整個風箏在空中一會兒上升一會兒掉落，像極了魚在咬餌。但是空中哪會有魚，螢幕前的所有人都感到詭異至極。

螢幕上被人刷了一屏666，有人直接發言說主播的特效很棒，是哪個特技學校畢業的。

本屌有短鳥現在已經笑不出來了，甚至沒有餘力去看螢幕上大家的發言。置身於事件中心的他，只是感覺徹骨冰涼。

事情，果然有點不太對。

「扯下來，把風箏扯下來看看。」主播衝著兩個兄弟喊道。

三個人開始扯風箏線，想要把風箏收回來。人類的本能以及好奇心，有時候真的會害得自己丟掉小命。

我騎著偷來的摩托車，元玥環抱著我的腰坐在後邊，一邊看直播一邊跟我通報情況。我無奈的笑起來。這三個傢伙一開始就做錯了，普通人遇到詭異狀況，好奇心是絕對不應該有的。第一時間丟掉繩子不要風箏，馬上拔腿就逃，才是保命的上策。

可他們居然要將風箏收回來，簡直是嫌命長。

果不其然，事件在他們收繩子的前提下，開始朝越發恐怖的方向發展。

三個成年人，使勁兒的扯著風箏線。來自天空的拉力陡然加大，主播三人慌亂的也加大了力氣。一時間，天空那看不見的東西和他們之間，形成了安靜的對峙。而最怪的，還是那根風箏繩子。一般的風箏繩早就該在兩股作用力下斷裂了，可這根風箏繩不知是用什麼東西做的，韌性極高。

想來這只風箏也是榮春準備的。這個神秘至極的女人，到底有什麼陰謀？

「短鳥，風箏扯不下來啊。」三人將全身的重量都壓在了風箏上，細細的風箏線，不到五十公分的兒童風箏，硬是抵抗住了那接近兩百公斤的牽扯力。

太不科學了！

「夜不語先生，天空裡有東西。」元玥似乎從直播中看到了什麼，臉色「唰」的一下就慘白起來。

「天空裡肯定有東西。應該是某種向上升的強烈氣流。」我判斷道。

元玥使勁兒的搖頭，表情中的恐懼越發濃烈，「是一張臉。一張我曾經在雪菲爾被推倒的教堂上空看到的臉。那張臉，正在用嘴咬著風箏，扯來扯去。」

我打了個寒顫，頓時停住摩托車，將手機拿過來看。螢幕中的天空，空蕩蕩的，除了好天氣和無邊的蔚藍，什麼也沒有。

「妳還能看見那張臉？」我皺著眉頭問。我的眼睛，並不能看到元玥描述的天空中的臉。

「看得見。」元玥點頭。

「臉是男是女？多大年紀，有沒有特徵？」我接連問，無論自己能不能看見，我都沒有否定她的眼睛。

元玥睜大眼使勁兒的瞅，最終搖頭，「看不清楚，畫質太差了。只有個臉部輪廓，你看它又準備咬著風箏搖腦袋了。」

女孩的話音剛落，螢幕裡的風箏就真的像被嘴咬住的餌似的，搖晃了好幾下。

我思忖片刻道：「有意思。不知妳是因為詛咒的影響，才能看到別的人看不到的東西。還是說，妳原本就能看到……」

元玥不解，「這兩者之間有區別嗎？」

「區別大了。」我回答：「如果妳能看到空中的臉，僅僅只是因為死亡通告的詛咒，那麼那還好說。可要是妳原本就看得到的話，就麻煩了。若是後者就說明，第一，妳或許真的跟風嶺鎮有某種關聯。第二，孫妍和榮春到英國確實是故意接觸妳，詛咒妳。第三，她們的目的，就是讓妳回到風嶺鎮。

「可妳和風嶺鎮，真的有某種關聯嗎？妳回到這個小鎮，對她們有什麼好處？」

這幾個問題異常令人費解。

話說到這兒，螢幕中異變突生。被扯急了的風箏似乎弄傷了某種東西，天際傳來驚雷般的轟鳴慘叫。哪怕只是透過手機的揚聲器聽到那淒厲慘叫，也感到毛骨悚然，頭皮發麻。

空中的無形之物因為被弄傷而憤怒了。直播中，原本透明的風箏繩索從上到下，逐漸變得血紅，猶如吸飽了血液，殷紅無比。

主播三人徹徹底底的嚇壞了：「快放手，我們走，離開！」

凍瘡最先喊道，他想要放手。可是緊接著三個人絕望的發現，浸透了紅色液體的繩子，居然將他們三人的手牢牢黏住了，想放也沒辦法放。

「把繩子割斷！」帥炸天焦急的也喊起來。可短鳥三人五隻手都被黏住了，只有凍瘡的其中一隻拿手機攝影的手還空著。

凍瘡也算敬業，到現在還不忘直播。他把手機咬在嘴巴中，空著右手想要去摸刀。

可不過一眨眼的工夫，天空中無形的旋風加大了力氣。三個成年男子被風箏吊到了空中。

風箏重新飛了起來，越飛越高。

被線黏上的三個人，也高飛起來。他們尖叫、恐慌、絕望，鏡頭中每個人的臉都嚇到扭曲。螢幕裡的海拔在升高，劇烈晃動的鏡頭宣洩著每個當事者的驚慌失措。

直播的影片出現了雲朵，越來越高。最終在尖叫中，手機從凍瘡的嘴巴裡掉了出來。

敬業的手機鏡頭仍舊筆直朝著天空，拍攝著三個人的消失。

本屌有短鳥三人，就那麼飛入天際，消失在天空頂端的雲朵裡。再也找不到了蹤跡。手機從高空掉落在地上，徹底斷了信號。

直播中斷了，只剩下空蕩蕩的漆黑螢幕……

我和元玥同時倒抽一口冷氣，想來螢幕前看網路直播的所有觀眾，也全都陷入沉默。大多數人不以為然，以為是假的。可只有我們倆清楚，直播是真的，本屌有短鳥、凍瘡、帥炸天三人確確實實遇到了靈異事件。

他們恐怕永遠也回不來了。

「走吧，儘快趕去風女嶺。」我嘆了一口氣，重新騎著摩托車趕路。

元玥很害怕，她抱著我的身體在微微發抖。我們相互沉寂了許久，耳畔只有風吹過的「呼呼」聲響，單調難聽。

風嶺鎮無處不在的陰暗狂風，不知何時刮得更烈了。

「夜不語先生，孫妍和榮春，她們到底是什麼人？是誰詛咒了我？」元玥顫抖的用乾癟的聲音問。

我沒有開腔，眼神閃爍了好幾次，最終才緩緩道：「我其實一直有些猜測。妳說妳被死亡通告詛咒了。妳是真的被詛咒了嗎？為什麼那些影印紙會從妳的背上消失，真的是因為妳誘騙別人將那些影印紙扯乾淨的緣故？」

我頓了頓，又道：「還有，為什麼死亡通告的詛咒會變為甲骨文中『風』的符號，最終鑲在妳的臀部血肉裡？那枚符號是詛咒帶來的，還是那個符號，本來就長在妳的肉中。只是死亡通告將它逼了出來？

「無論是孫妍還是榮春哪一個詛咒了妳。她們或許目的並不一致。也就是說榮春和孫妍，很可能是真的對立的，不屬於同一個陣營。在風嶺鎮的幾天，我總是有這麼個猜測。孫妍太過神秘。

「至於榮春，她的底細我也實在沒調查清楚，不過自己已經打電話請偵探社的朋友幫忙查了。相信很快就能找到答案。」

我的話如同擊鼓傳花，速度快得根本不給元玥反應的時間。陰風呼嘯，隨著風女嶺的逼近，烈日也越來越掩蓋不住山中的寒冷。

車輪下，路漸漸變得越來越不好走，周圍也越來越荒涼。

「還有最後一個問題。」我想了想，說出了自己最大的疑惑：「死亡通告中，只有一個人說過，Ａ４影印紙上那只有被詛咒的本體才能看得到的數字，就是你生命的倒數。可這全都是孫妍告訴妳的。既然已經確定她對妳並非善意了，那麼她為什麼要告訴妳實話？」

「所以，她說的很有可能是假的。」

元玥的腦子早就被我一連串的問題給弄亂了，「您的意思是？」

「妳曾說過，貼在妳背後的紙，上頭的數字，只有當妳注視它時，它才會流逝，才會倒數計時。這跟量子力學的理論何其相似。」我皺著眉頭：「聽過薛丁格的貓嗎？」

「當然聽過。」女孩傻傻的點頭：「據說薛丁格將一隻貓關在盒子裡，同樣在盒子中的，是少量放射性物質以及一罐毒氣。由於放射性物質的衰變是無法判斷的。有50％的機率放射性物質將會衰變並釋放出毒氣殺死這隻貓。同時有50％的機率放射性物質不會衰變而貓將活下來。所以盒子裡的貓處於死和不死兩種狀態。只有打開盒子，才知道貓的死活。」

「對。妳背上的數字似乎就和量子力學的理論一模一樣。作為主體的妳沒看到時，它同時存在變和不變兩種狀態。可當妳真的看過去後，就知道了結果。數字也就減少了。而妳不看的話，就根本沒有變化。這作為詛咒而言，太物理和主觀了。」我被這所謂的死亡通告詛咒，弄得有些焦頭爛額，但最終還是得出了答案。

「所以我猜，那些流動減少的數字，根本就不是妳性命的倒數計時。哪怕數字歸零，妳也不會死。」我說道。

元玥大吃一驚，眼淚止不住流了出來：「真的？該死，那我一直以來害死了那麼多人，究竟是為什麼！」

「也是剛剛看了那個主播的直播，知道了他的女友叫做榮春後，我才突然想到的。」我嘆息著，並沒有安慰哭得唏哩嘩啦的她：「或許榮春和孫妍，她們其中一個，最害怕的就是妳任倒數計時歸零吧。不，既然是孫妍告訴妳倒數計時和妳的性命有關，那麼搞鬼的，應該是她。至於榮春又在這件事中，扮演著什麼角色呢？她至今潛伏在風嶺鎮，甚至故意害死自己的男友和另外兩人，又想幹嘛？」

我想來想去，感覺問題饒了一圈後又回到了原點。總之，榮春和孫妍，她們倆有一個人希望元玥來到風嶺鎮。這就證明，元玥和風嶺鎮之間，是真的有關聯的。為什麼元玥家的族規那麼怪異，要讓歷代族人背族譜？

元玥來風嶺鎮，究竟會發生什麼？她的族譜，難道從一開始就是假的？所以才刻意用一個假的族譜形成假象？

不對，絕沒有那麼簡單。

我越想越頭痛。圍繞著風嶺鎮的諸多怪事太複雜了，複雜到我的高智商都不太夠用。

摩托車朝著郊外一路行駛，路上早已沒有了行人。風女嶺位於風嶺鎮的遠郊，這條破爛的路沒多久後，終於行駛到馬路盡頭。路前方是高聳的亂草，枯黃的蒿草接近兩公尺，將視線全部遮擋嚴實。

「沒路了？」元玥下摩托車，探頭看了看。

我瞇著眼睛瞅了瞅：「不對，還有路。」

自己指著蒿草的一側：「妳看那個位置，留有人走動過的痕跡。」

蒿草從右側被砍了個小小的豁口，由於草太密，不仔細看根本不容易發現。我示意元玥跟在自己身後，發動摩托車，往前繼續行駛。

穿過高高的蒿草後，是一條豁道。高聳的荒草將豁道四面八方填充滿，只留下了很小的縫隙，堪堪容一人通過。在這充滿死氣的通道裡前行了大約十幾公尺，視線豁然開朗。前方居然又有路了。

有一條不寬的石板路。

元玥看著眼前的這條路，不由得皺起了好看的眉。

「怎麼了？」我看了她一眼。

「沒什麼，總覺得這條石板路很古怪。因為只是走進去，原本開心的心情，就變得壓抑了。夜不語先生，你看四周，壓抑得像氣壓都重了。」女孩有些不舒服。

確實，周圍瀰漫著沉重與恐怖，就連本來挺好的天空，都顯得更加抑鬱昏暗。石板路的兩旁長滿了荒草，一棵碩大的枯黃柳樹聳立在路的右側。昏白的太陽躲在雲層深處，慘灰的雲朵在天空中流動得很快。

就猶如雲朵被風追趕，放牧。

我打開手機地圖看了看。地圖上的道路在剛剛路中斷的位置也同樣中斷了，不過還能辨別方向。自己示意元玥坐上摩托車，我們繼續朝風女嶺的方向行駛。

一個小時前被風箏扯入空中的主播三人和我們的行駛路線緩慢的重合在了一起。不久後，我找到了直播過的那塊劃分洪洞鎮和風嶺鎮的界碑。

從影片裡看，界碑已經很古老了。可現在真正用肉眼再看一次，才赫然發現這界碑的不平凡。

製造界碑的石材，竟然連我一時間也沒辦法分辨是啥。界碑漆黑無比，帶著滄桑的氣息。「風嶺鎮」三個古文寫得蒼勁有力，顯然不是出於當時的庶民之手。

界碑，不知道釘入土地有多少年了。

見我看界碑看得出神，元玥也走上前想要仔細觀察一下。可就在她走著走著，不小心一隻腳踩到了界碑之外，踩出了風嶺鎮地界的時候，異變突生。

原本只是陰沉的天空，瀰漫出了一股黑氣。

黑色的風，從無形變得有形，瞬間猶如牆壁一般，朝界碑外刮了過來。

「小心！」我一聲驚叫，連忙把元玥撲倒在地！

一波看不到的旋風，將一人高的草整齊切開。切口整齊無比，足以顯示那股怪風究竟有多鋒利。

「什麼情況？」死裡逃生的元玥驚慌不已，就差幾公分那股突如其來的怪風就會割斷她的腦袋了。

「這界碑有問題！」我上上下下打量了界碑幾眼。界碑雖然古樸，但似乎只不過是個普通的古物而已。

看不出個所以然來，我一咬牙，試探性的探出腿將腳伸出了界碑之外。然後迅速的助跑撲倒。可自己的一連串的動作，並沒有引發任何後續。

天空的風雖然烈，但也只是吹得很響而已。足以要人命的怪風沒有出現。

「咦，怪了。剛剛妳不小心踩到了機關？」我怪叫一聲，站起身拍了拍自己滿身的草土。

元玥也百思不得其解：「沒踩到機關啊。我跟你剛才踩的地方一個樣。」

「再試一次。」我走上前，這次大膽了。整個人都越過界碑，出了風嶺鎮邊界來到洪洞鎮地界。

仍舊什麼也沒有發生。

「妳試一次。」我摸著下巴，吩咐元玥。

女孩見我都沒事，便放心大膽的朝界碑走過去。這女孩昂首挺胸，可是她的胸部實在過於豐滿，比身體的任何部位都先越過了界碑範圍。

說時遲那時快，我又一次撲上去將她壓倒。

黑色的風再次在界碑附近出現，鋒利的旋風無形切割而下，我倆險之又險的好不容易才躲開。

「好險……」元玥的腦袋上冒出了驚魂未定的冷汗。

「有點邪門。」我繞著界碑轉，仍舊沒有發出任何致命攻擊：「走，換個地方。」

自己帶著元玥離開了界碑好幾百公尺，並掏出手機在地圖上查看了片刻。最終，我們在一處荒草前停了下來。

離界碑已經夠遠了，遠到根本看不見。如果界碑真的有問題的話，如此遠的距離也無法觸發危險才對。

我沉吟片刻，自己跨過荒草堆，遠遠走了許多步。之後才繞回來，對元玥說：「正對這個位置，妳的腿比我短，只需要走五步。記住，五步，一步也不要多走。然後馬上撲倒在地。」

元玥搞不清楚我的用意，但是仍舊照做了。她一步一步，走得很緩慢。當她邁出第五步時，黑色的風又一次出現。

幸好她聽話，倒地的速度飛快。哪怕如此也被無形的旋風割斷了幾根青絲。柔順的髮絲脫離身體後，被狂風席捲，很快便再也見不到蹤跡。

「走，再換一個地方。」我的臉色鐵青起來，心也沉到了谷底。內心深處，有一股非常不好的預感。

我和元玥換了好幾次地方，每一次我走起來都沒問題。可元玥只需要走幾步，就會引來致命的黑色旋風。

她的世界彷彿被風的結界所封閉，根本一步也走不出去。

「夜不語先生，難道我身上的詛咒升級了嗎？」元玥手足無措，她害怕了。

「跟妳的詛咒沒關係。」我陰沉著表情：「還記得風嶺中學警衛室的那個神秘老頭嗎，他說妳終於回來了。他們終於能走出去了。」

「還有計程車的司機，他要我們快離開，否則會永遠都走不出去。」我的聲音異常艱澀，自己的可怕猜測令自己都毛骨悚然：「妳知道剛才我們試了多少次，多少個地方嗎？」

「七次。換了七個地方。」元玥回答，她似乎已經猜到了我話裡的意思，聲帶也發抖起來。

「七次，每一次，其實我都是在地圖標明的風嶺鎮邊界處試的。我能走出風嶺鎮，而妳一旦試圖走出來，就會被黑色旋風攻擊。」我通體發冷。

元玥顫抖了一下，臉上爬起了一絲絕望：「這怎麼可能。」

「或許出不去的，不只妳一個人。三年前死亡通告事件，讓風嶺鎮百分之八十的人口全都走掉了。剩下百分之二十，接近兩千多人，為什麼沒有離開？」我直視她的眼睛：「有可能，不是他們不想離開。而是根本無法離開。他們遇到了和妳一模一樣的情況，一旦試圖離開風嶺鎮，就會被黑色的風襲擊喪命。」

「不可能，怎麼可能。」元玥使勁兒的搖頭，人哪怕再堅強，也有承受的底線。最近發生的一連串詭異事件，已經超過了元玥的承受能力。她瘋了似的，居然朝風嶺鎮的邊界衝了過去。

「妳瘋了，不要命了！」我大喊一聲，迅速將她撲倒。

女孩的一隻腿越過了邊界，黑色的風果不其然的出現了。可這一次，黑風並沒有在我將元玥扯回來後迅速消失。

黑風不太正常，它在醞釀，在擴大。空氣裡無形的氣壓在增強，無數的鋒利旋風，在大氣的流動間亂竄。

致命的氣旋將四周的荒草切割殆盡，之後彷彿受到牽引般，朝著我們兩人的方向，逐漸靠近。

可怕的場面令我目瞪口呆，內心怒罵。

我嗶嗶嗶的，元玥在邊界上走過來走過去玩了八次。難道是風嶺鎮邊界的某個旋風機關品質不好，活生生被我們玩壞了？

尾聲

致命的陰風不停的逼近我和元玥，我們朝死裡跑。黑色風暴浸透荒草和山澗，如同黑霧似的瀰漫。

無形的氣旋肉眼無法看見，可那致命的鋒利仍舊能從草叢被劃開的距離來判斷速度和遠近。

氣旋緊逼，已經認準了元玥的身影。它在跟蹤我們，想要殺死我們。

我和元玥心驚肉跳的逃竄。好不容易跑到摩托車前，自己剛想坐上去，卻被嚇壞了的元玥擠開了。

「夜不語先生，就你那騎車速度根本逃不掉。還是我來吧。」元玥俐落的扶著摩托車，要我坐後面。我被赤裸裸的鄙視了。可逃命要緊，自己一邊坐後座，一邊用手緊緊摟住了女孩柔軟纖細的腰肢。

摩托車發出一陣轟鳴，在破爛不堪的石板路上疾馳飛奔。看不出來，這小妮子騎摩托車的姿態和技巧，確實是比我高了不止兩個層次。

我和她不停地轉換方位逃避著旋風的追殺。彷彿有生命的旋風，追在摩托車後方，不依不饒。急速飛奔下，破爛摩托車熄火了。

嚇破膽的我們扔掉車甩著肉腿馬不停蹄的接著逃。可人的速度，哪裡有風快。身後的草叢一截截被無形之風斷了頭。

眼看致命旋風就要追上我們時，不遠處出現了一個牌坊。古舊的牌坊。牌坊後邊聳立著一座高聳的古老宮殿。宮殿下方是八角形，上方是圓柱體。活像是一只大鈴鐺。

「往那邊跑。」我精神一振，本能的朝建築物跑去。自古以來，人類都是使用建築物來阻擋狂風的，只要進了那座老舊的建築，說不定便能得救。

能割斷腦袋的旋風已經離我們很近了，就在我和元玥絕望的發現，自己根本來不及跑到那個古老建築時，一陣鈴聲，清脆的響了起來。

是風鈴、風鈴的聲音。

古舊的牌坊和古老建築四周，掛滿了密密麻麻的風鈴。青銅鑄造的，八角風鈴……

風鈴一響，黑色的風與死亡的氣旋如同受到了反作用力般，化為清風從我們身上拂過，再也了無痕跡。

老古建築上，一個女孩的臉露了出來。她的眼神若寒星，筆直的看著我身旁的元玥。

「妳終於來了。」清脆的聲音，一如周圍遍佈的風鈴，引得一陣山風來。

漫山的八角風鈴被風一吹，全都在女孩的語調中，響徹山巒！

而我的心，更加沉重了。該死，這果然是個大陰謀……

The End

後記

冬天到了！

冬天又到了。今年總覺得時間過得比去年更快。而去年，又比前年快。現在回頭想想，似乎時間的流逝一年比一年快了起來，難道這就是所謂的過了而立之年的效應。

記得去年，自己曾看過一篇騙經費的論文，寫論文的是美國某大學的物理學家。論文中提及，根據體積和時間的比率，體積越小的人，時間流速過得更慢一點。

說得直白些，就是剛生下來的嬰兒，對他而言，時間是最慢的。不過因而有沒有時間概念，鬼知道！

之後人類開始成長。

體積越來越大，但是也沒有大到足夠影響時間的地步。所以小屁孩們總是憂鬱的，他們認為時間為什麼總是那麼慢，為什麼明天不是世界末日，那樣就不用上學了。

等真正時間快起來的時候，你又會發現，其實當小屁孩們無憂無慮，才是最幸福的。

因為在這個表面善良，內在骯髒腐朽充滿了森森惡意的世界，每走一步，都需要你用盡全力，精疲力盡。

好吧，好吧，說了那麼多，其實我反而更喜歡現在的生活。有工作、有漂亮的妻子，有乖巧的女兒，沒事帶出去虐一下單身朋友，秀一下優越感。呃，你看，這個世界果然是充滿惡意的嘛！

冬天又到了，最近我們一家三口都病倒了。經常躺床上懶懶不想動，餃子也沒去幼稚園，因為病得很嚴重。

因為感冒引起的偏頭痛也越發的讓人生不如死。帶著生不如死的情緒，在成都難得撿到的晴天，自己拖家帶口拚死將車開到了湖邊，搭了個帳篷，準備一邊釣魚野餐、一邊趕稿。

這個前言，就是在如此的背景下寫出來的湊字數的文字。

好了，字數湊得差不多了，談談正題吧。《夜不語詭秘檔案》進入到第八部。這麼詭異的事情，其實當初我實在想像不到。作為一部開玩笑、秀無聊作為初衷的作品，竟然逐漸成為了我的本業。

一想到這裡，我就通體發寒。最初的時候，自己本來只想寫完第一部。然後有了第二部、第三部、第四部……

寫到第五部時，我想，我絕對要在這一部將《夜不語》系列結束掉。可惜，我最終又無聊的寫出了第六部、第七部。

現在坑越挖越大、洞越打越深。想要把《夜不語詭秘檔案》系列中的謎題全部解

開，有個合理的解釋，光是想想，都覺得工程極浩大。

但終究，我會把坑全都填好的。但代價……恐怕這個系列，會真的、真的、真的成為許多讀者的人生系列。

不斷有舊的讀者離開、結婚、生子。不斷有新的朋友入坑。沒有大家持續的支持，我也早已走不下去了。

照例謝謝大家，不管看的是正版還是盜版，終究達到了我希望傳播自己的文字和思想的初衷。

我一直都在用心的寫書，將文字裡灌輸入許多新奇的東西。

前幾天有一個讀者私信給我，他說他的人生被我的書改變了。他說如果不是在小學時接觸我的小說，讓他對知識充滿好奇，如果不是我小說中不停歇的元素和知識，他上不了好的國中，也考不上重點高中。現在他的目標是全國最好的大學。

一切，都是因為我的小說而改變的。

這令我，非常欣慰。

因為自己寫的東西，能夠得到認可，為人所用。這不正是我所期許的嗎？

寫累了，魚釣上來了。那麼，下本書再聊。

夜不語

夜不語作品 10

夜不語詭秘檔案 801：黑色陰風

國家圖書館出版品預行編目資料

夜不語詭秘檔案801：黑色陰風 ／ 夜不語 著.
一 初版. 一 臺北市：春天出版國際， 2016.08
面； 公分. 一（夜不語作品；10）
ISBN 978-986-5607-58-6（平裝）
857.7 105013357

ISBN 978-986-5607-58-6
Printed in Taiwan

作者 夜不語
封面繪圖 Kanariya
總編輯 莊宜勳
主編 鍾靈
美術設計 三石設計

出版者 春天出版國際文化有限公司
地址 台北市信義區信義路四段458號3樓
電話 02-7718-0898
傳真 02-7718-2388
E-mail story@bookspring.com.tw
網址 http://www.bookspring.com.tw
部落格 http://blog.pixnet.net/bookspring
郵政帳號 19705538
戶名 春天出版國際文化有限公司
法律顧問 蕭顯忠律師事務所
出版日期 二〇一六年八月初版
定價 170元

總經銷 楨德圖書事業有限公司
地址 新北市新店區寶興路45巷6弄6號5樓
電話 02-8919-3186
傳真 02-8914-5524